KB104062

강윤정

고려대학교 국어국문학과를 졸업했다. 2007년 청림출판에
입사해 경제경영서로 편집 업무를 배웠다. 2009년
마음산책으로 이직했으며, 인문/예술/문학 분야의 책을
만들었다. 2012년 문학동네로 옮겨 현재까지 국내소설과
산문집, 문학동네시인선을 만들고 있다. 김영하 작가의
『오직 두 사람』, 배수아 작가의 『뱀과 물』, 박준 시인의
『당신의 이름을 지어다가 며칠은 먹었다』 등을 편집했다.
2019년 유튜브 채널 '편집자K'를 열었다. 원고에서
책이 되기까지의 과정과 그 과정을 함께하는 사람들의
이야기를 영상으로 담고 있다. 『우리는 나란히 앉아서 각자의
책을 읽는다』(공저)를 썼다.

문학책 만드는 법

문학책 만드는 법

원고가 작품이 될 때까지,
작가의 곁에서 독자의 눈으로

강윤정 지음

작가의 러닝메이트가 되어 함께 달리기 위하여

편집자의 일이 갖는 가장 큰 매력은 책 한 권이 나오기까지 모든 단계에 담당 편집자의 선택과 판단이 반영된다는 것입니다. 출판은 제조업에 속하지요. 우리는 책이라는 상품을 만들어 냅니다. 그 과정을 시작부터 끝까지 관장하고 매번 반복하지만, 어떤 책도 같지 않습니다. 매번 다른 뿌듯함, 매번 다른 감동 그리고 매번 다른 어려움과 실수까지. 그러므로 긴장을 풀 수 없습니다. 이 다종다양한 감정을 출판사에 입사하기 전까지는 상상도 못했습니다. 여러분은 어떠신가요? 저는 그저 책이 좋고 텍스트와 가까이서 일하고 싶다는 막연한 생각뿐이었습니다. 주변에 출판사에 입사한 선배도 없었고, 그

땐 SNS(소셜네트워크서비스)나 유튜브도 물론 없었습니다. 요컨대 저는 편집자가 어떤 일을 하는 사람인지 잘 알지도 못한 채 편집자가 되어 버렸던 것입니다. 괜찮으시다면 제 이야기를 조금 더 들려드리고 싶습니다.

독자에서 편집자로

저는 2007년 경제경영서와 자기계발서를 주력으로 출간하는 청림출판에 입사했습니다. 전체 규모 30명가량의 출판사였고 압구정에 있었죠. 정장에, 익숙하지 않은 구두를 신고 면접 보러 가던 그날 압구정역의 풍경이 아직도 떠오릅니다. 원래 저는 '추수밭'이라는 청림출판 인문 브랜드에 지원했습니다. 면접을 보던 중 대표님이 경제경영팀은 어떻겠느냐고 물으셨고요. 다른 대답을 할 여유는 없었습니다. 어떻게든 입사해야 한다는 생각에 저는 그저 어디서건 열심히 하겠다고 대답했습니다. 그때나 지금이나 신입 편집자를 채용하는 출판사는 흔하지 않으니까요. 문제는 제가 경제경영서를 단 한 권도 읽어 본 적이 없었다는 겁니다. 심지어 당시 청림출판의 대표작이었던 앨빈 토플러의 『부의 미래』조차 읽지 않았습니다. 그러므로 그 대답이 진심이었다는 것을 회사에 보여 주고 저 자신에게 증명하기 위해 한동안 아침저녁으로 경제경영서와 자기계발서를 많이도 읽어야 했어요. 회의 시간에 언급되는 책 제목, 저자 이름이 익숙해지기까지 녹록지 않은 시간을 보냈지요. 조금 일찍 출근해 업무 시간이 시작되기 전까지 경제지를 읽는 것도 저에겐 일의 연장이었습니다.

여러분은 첫 회사에서 맨 처음 받은 업무를 기억하나요? 저의 첫 업무는 곧 나올 신간의 보도자료를 써 보는 것이었습니다. 감상문이 아닌 홍보용 자료로서 책을 소개하는 글을 쓴 것을 보면, 이 사람이 아직 '독자'에 가까운지, 아니면 '편집자'의 몸으로 바꿀 준비가 되었는지, 도서 내용은 어느 정도 이해했으며 문장력은 어느 정도인지 대강 파악할 수 있을 거예요. 처음에는 왜 회사에서 편집 업무의 시작이 아니라 끝부터 시키나 했는데 시간이 흐르니 이해가 되더군요.

시작부터 경험하든 끝부터 경험하든 제가 맡는 업무의 양과 범위가 점차 늘었습니다. 선배들이 진행하는 책의 적자赤字 대조를 하기 시작해 크로스 교정을 하고, 표지나 제목에 의견을 내기도 하고요. 그러면서 독자에서 편집자로 조금씩 더 몸이 바뀌어 갔죠.

역시 첫 회사에서 경제경영서를 편집할 때의 일입

니다. 선배들이 책임편집하는 책의 표지 시안이 나오면 책상에 늘어놓고 함께 고민했는데요, 제가 막내라 늘 제 의견을 첫 번째로 이야기해야 했습니다. 놀랍게도 선배들이 고른 표지와 제가 고른 것이 매번 달랐습니다. 제가 고른 표지는 '인문서 같다'는 이야기를 들었어요. 제가 보기에 최종 결정된 표지는 제목 글자가 너무 크고, 서체는 단순하고 멋없는 고딕체에, 이미지 톤도 빨갛거나 파랗거나 검기만 한, '투박한' 표지가 많았습니다. 해당 분야와 목표 독자층에 대한 이해가 한참 없을 때의 일이고 지금 생각하면 '인문서 같은 표지'만 고른다는 이야기를 듣고 괜히 우쭐했던 제 모습이 부끄러울 따름입니다.

첫 회사에서 보낸 2년은 독자에서 편집자로 몸을 바꾼 시간이었습니다. 서점에 나가 경제경영서 매대에 놓인 책을 꼼꼼히 살피고, 온라인 서점 베스트셀러 순위와 독자층을 분석하고, 독자가 원하는 것이 무엇인지를 파악하는 훈련을 했습니다. 내가 예쁘지 않고 깊이가 느껴지지 않는다고 폄훼하던 자기계발서를 읽은 독자들이 그 책에서 어떤 위로와 힘을 얻었는지 남긴 감상을 살피면서 말이죠. 해당 분야의 독자가 아니었던 나의 취향은 크게 중요하지 않았습니다. 내가 만들어야 하는 책이 어떤 책인지, 누가 왜 사서 읽을 것인지를 먼저 생각하고 그에 합당한 판단을 하는 사람, 그 일을 하는 사람이 바로 편집자였습니다.

저는 그곳에서 미국 화폐 제도와 중앙은행을 두고 벌어진 논쟁의 역사를 다룬 책을 만들고, 잊힌 톱가수에서 자동차 판매왕이 된 사람의 성공 스토리를 다듬어 만들었습니다. 요컨대 제가 첫 출판사에서 보낸 시간은 이제껏 몰랐던 분야의 책을 접하고, 그 책의 독자를 파악하고, 그 독자가 원하는 콘텐츠와 만듦새의 책으로 원고를 편집한 날로 서서히 채워졌습니다. 동시에 독자/소비자로서 책을 즐기던 때와 달리 한 회사에 고용된 근로자로서, 책을 만들어 내는 사람으로서 책을 새로이 바라보게 된 시간이기도 했습니다.

내가 만든 책이 나의 이력이 된다

저의 두 번째 출판사는 서교동에 위치한 출판사 마음산책이었습니다. 3년 가까이 몸담았죠. 마음산책은 문학, 인문, 예술 등의 분야를 아우르는 출판사입니다. 제가 다니는 동안 대표님 포함 전 직원이 10명을 넘긴 적이 없는 비교적 작은 규모의 회사였고, 덕분에 홍보나 저작

권 업무 같은, 편집 업무 외의 일도 경험할 수 있었습니다. 1년에 20종가량 출간하였는데, 한 권 한 권 전 직원이 진행 상황을 공유하고 기획부터 편집, 디자인, 홍보까지 의견을 내며 함께 만들어 가는 느낌이 강했던 것도 인상에 남아 있습니다. '내가 만든 책'이라는 느낌이 덜했다는 뜻이기도 합니다.

책을 만드는 프로세스는 첫 회사와 같았지만 저자가 달라지고 원고의 분야가 달라지니 제 몸에 좀 더 잘 맞는 옷을 입은 기분이었습니다. 1~2년 차 편집자가 편집 프로세스를 익히는 데 주력한다면, 3~4년 차 편집자는 편집의 주도권을 갖고 자신의 강점을 발견해 갑니다. 이때부터는 내가 만든 책이 나의 이력이 되죠. 마음산책에서 저는 일본인 에세이스트 요네하라 마리의 책을 전담해 일곱 권을 만들었습니다. 한 작가의 책을 꾸준히 만들어 소개하는 것은 뿌듯하고도 어려운 일이었는데요, 작가의 색깔을 유지하면서 매번 변별력 있는 책으로 만들기 위해 고민하는 시간이 길었습니다. 출간 시기를 영리하게 가늠해 보고 출간했다면 더 좋았을 텐데 하는 아쉬움이 남는 책도 있습니다.

마음산책은 기획서 출판이 중심인 회사입니다. 편집자의 기획력이 떨어지면 출간되는 책 자체가 줄어든다는 뜻입니다. 그러다 보니 마음이 급해지고 조금 묵혔다가 내면 좋았을 책을 빨리 내야 하는 일도 있었습니다. 기획을 게을리할 수 없었고, 덕분에 아이디어 근육이 탄탄해졌달까요, 기획 감각의 전원을 늘 켜 두는 법을 배웠달까요. 선배들과 어떤 책을 내면 좋을지, 어떤 작가의 책을 낼 수 있을지 끊임없이 이야기 나눈 시간이 저에겐 큰 도움이 되었습니다.

김중혁 작가의 첫 에세이 『뭐라도 되겠지』와 김연수 작가가 사랑한 시와 소설을 모은 『우리가 보낸 순간』도 만들었습니다. 국내문학에 대한 관심이 편집부원 가운데 제가 비교적 높았기 때문입니다. 당시 편집부에는 저까지 세 사람이 있었는데요, 한 사람은 인문서에, 한 사람은 예술서에 관심이 많았어요. 규모가 크지 않은 출판사에서는 내가 가진 강점이 나만 가진 강점이 될 확률이 높습니다.

종종 규모가 작은 출판사에서 시작해도 괜찮을지 질문을 받곤 합니다. 저는 그래도 좋다고 대답합니다. 앞에서 말씀드렸듯 작은 회사에서는 다양한 분야의 책은 물론 다양한 업무를 두루 경험해 볼 수 있고(그게 힘든 점이기도 하지만요), 연차나 경력에 비해 소위 '큰 책'이라 불리는 책을 경험할 기회도 생기기 때문입니다.

아, 한 가지 중요한 전제조건이 있습니다. 그 출판사에서 내는 책을 꼼꼼히 살펴봐야 한다는 것. 그 출판사의 출간 목록이 내가 보기에 '좋은 책'이라는 확신이 들어야 한다는 것. 회사마다 장단점이 있고 그것은 입사해 직접 겪어 보기 전까지 알기 어렵습니다. 최소한 출간하는 책에서 내가 전망을 찾을 수 있는 곳, 그곳에서 이 일을 시작하길 바랍니다.

문학 편집자라는 이름

세 번째 출판사이자 현재 소속된 곳은 문학동네입니다. 2012년에 입사해, 문학동네시인선과 국내 작가의 소설, 에세이를 편집하고 있습니다. 가끔 외서를 기획하고 편집하기도 합니다. 문학동네는 국내문학팀과 해외문학팀으로 나뉘어 있고 저는 국내문학팀에 속해 있지만, 제가 발견한 외서는 제가 만들 수 있어요. 기회도, 회사 차원의 지원도 많습니다. 그만큼 성과도 기대하지요. 여러 계열사와 브랜드가 있지만 그저 문학동네만 해도 직원이 100~120명을 오갑니다. 이전에 다닌 출판사에 비해 규모도 크고 업무도 세분돼 있습니다. 디자이너도 본문 조판 전문 디자이너, 표지 디자이너, 광고 홍보용 이벤트 페이지나 홍보용 상품 담당 디자이너가 다 따로 있어요. 마케터와 SNS 담당자가 있고, 유튜브 영상만 전담하는 직원도 있습니다. 저작권팀도 물론 따로 있고요. 그로 인해 각자가 맡은 업무 외의 업무에 대해 일부러 알려고 노력하지 않으면 모르는 채로 일이 진행될 수 있습니다. 대형 출판사에서 첫 직장 생활을 하게 된다면 부지런히 묻고 배워야 할 거예요. 그래야 출판의 큰 그림을 머릿속에 금방 그려 넣을 수 있을 겁니다.

몇 해 전부터 저는 제 직업을 소개할 때 '편집자'라는 말 대신 '문학 편집자'라는 표현을 쓰기 시작했습니다. 올해로 14년 차, 문학동네에서 본격적으로 문학서만을 편집한 지도 8년. 제 직업적 정체성을 확고히 하게 되었달까요. 문학서 편집에 전문성을 가진 편집자로 성장하고 세월을 쌓아 가겠다고 생각하고 있습니다. 언제까지 일을 할지, 할 수 있을지 아직은 알 수 없지만 그 시간을 이 일로 채우고 싶다고요.

문학서 편집은 작가의 러닝메이트가 되어 함께 달리는 일입니다. 작가가 지금껏 써 온 작품을 충분히 이해하고, 현재 관심을 두는 소재나 궁극적으로 쓰고자 하는 작품에 관심과 애정을 가져야 하는 일입니다. 작품의 편집이나 만듦새, 홍보 방식에 이르기까지, 작가가 만들고자 하는 작품 세계와 어울리는 방향, 그중에 지금의 독자에게 소구할 방향으로 조율해 나가는 일입니다. 내가 만드는 책을 쓴 작가가 살아 있고(!), 가까이 있고, 나와 같은 언어를 쓰는, 직접적으로 소통이 가능한 사람이라는 점, 그런 작가의 책을 계속 만들어 가는 일입니다. 때론 감정적으로 지치기도 합니다. 작가마다 스타일이 다르고 소통 방식도 다르기 때문입니다. 저는 한 번에 여러 권의 책을 만들지만, 작가에게는 자신의 책 한 권이 가장 중요할 터입니다. 합을 맞춰 보지 않은 작가와 처음 일을 시작할 때는 특히 더 긴장합니다.

저는 수년간 다른 분야의 책을 만들어 보았기 때문에 알 수 있습니다. 문학서는 상대적으로 문장을 '뜯어고칠 일'도 적고, 편집자가 주도적으로 판을 짜고 흔들고 마무리하는 느낌도 덜합니다. 문학을 전공한 첫 회사 선배들에게 문학서 편집을 해 보고 싶지 않으냐 물었던 적이 있습니다. 선배들이 문학서 편집이 재미가 없고, 할 수 있는 일이 너무 적다고 말하며 고개를 절레절레 흔들었던 기억이 납니다. 그 말이 어떤 의미인지 압니다. 그렇지만 작가마다 제각각 품고 있는 완전히 다른 세계를 가장 먼저 엿보고, 내 선택과 결정이 반영된 만듦새로 잘 어루만져 독자에게 선보이는 일, 그 세계로 독자를 초대하는 일, 그렇게 작가와 독자가 만나는 모종의 '느낌의 공동체'가 만들어지는 데 기여하는 일이 저에게는 무엇과도 바꾸지 못할 설렘과 만족감을 줍니다. 제 손에 쥐어진 많은 작품을 통과하며 배우고 느끼는 것도 많습니다. 좋은 문학작품은 그것을 통과하는 사람에게 분명한 영향을 끼칩니다. 그것을 쓴 작가, 책이라는 물리적 형태로 만들어 내는 저, 고요히 그것을 읽어 나갈 독자 모두가 영향을 받습니다. 향상심을 갖게 된다고 하면 과장처럼 느껴질지도 모르겠습니다. 하지만 실제로 제가 이 일을 계속해 나갈 수 있게 하는 원동력입니다. 그 영향력. 그 향상심.

¶

이 책에서 저는 편집자의 일에 대해 쓰고자 합니다. 문학 편집자의 업무에 좀 더 초점을 맞추려 합니다. 2020년 2월에 쓴 제 실제 업무일지를 토대로요. 편집 업무는 원고에서 시작해 물성을 가진 한 권의 책이 되기까지 선형적으로 차근차근 진행되는 일입니다. 다만 한 권의 책만 붙잡고 있지는 않기에 실제 업무 감각은 선형적이기보다는 순환적이고, 대여섯 개의 공을 동시에 던지고 받는 저글링 곡예사의 그것과 비슷할 것입니다. 동시에 몇 권의 책을 만들고 있는지 종종 질문을 받기도 하여, 제가 썼던 업무일지를 보여 드리는 것이 효과적이지 않을까 생각했습니다. 예시로 드는 책은 2020년 2월에 만든 책도 있고 그 이후에 만든 책도 있을 것입니다.

십여 년간 편집자로 살며 만든 수백 권의 책 가운데 독자에게 외면당한 책도 있고, 두고두고 아쉬움이 남는 책도 있습니다. 그 '흑역사'만 써도 책 한 권이 나올 테지요. 그렇지만 이 책에서는 잘 만들었다고 생각하는 책, 독자의 사랑을 많이 받은 책 위주로 이야기해 보려 합니다. 지면은 한정돼 있고 우리는 갈 길이 멉니다. 내가 과연 잘하고 있는 걸까 고민하고 힘들어했던 때보다는 일에 온전히 집중하고 최선이라 생각하는 결정을 내리며 힘을 내 일했던 때를 돌이켜 보려 합니다. 고충을 털어 놓고 서로 하소연하고 그에 공감하는 것도 물론 필요합니다. 그러나 내가 만든 책이 중쇄 삼쇄를 찍고, 독자들 사이에서 회자되고, 그 책을 쓴 저자가 기뻐하는 얼굴로 고맙다 말해 주는 것만큼 이 일을 해 나가는 데 힘이 되는 게 또 없습니다. 이 일을 더 잘 해 나가는 데, 여러분이 작가의 신뢰를 받는 '책 잘 만드는 편집자'가 되는 데, 이 책이 모쪼록 쓸모 있기를 바랍니다.

문학 편집자의 업무일지

문학 편집자의 업무일지

1

첫째 주

— 박연준 산문집 『모월모일』 초교 완료

— 김영하 소설집 『오직 두 사람』 오디오북 검수

— 정용준 장편소설 『프롬 토니오』 한무숙문학상
   수상, 시상식 참석

{ 1 }

이 원고는 어떤 책이 될까

박연준 시인의 산문 원고가 들어왔다. 두 해 전 계약했던 산문집으로 2018년 3월부터 2019년 11월까지 『채널예스』에 연재한 「박연준의 특별한 평범함」이라는 칼럼 마흔두 개에 미발표 원고를 몇 꼭지 더한 원고이다. 칼럼 제목처럼 일상에서 포착한 특별한 평범함을 시인 특유의 관찰력으로 담아낸 글. 나처럼 박연준 시인의 산문을 좋아한 독자라면 반가운 선물이 되리라. 자, 이제 이 원고를 어떤 책으로 만들지 고민해 보자.

산문집 편집의 경우

작가의 산문집을 내는 방식은 크게 두 가지다. 하나는 먼저 콘셉트를 잡은 다음 집필하는 방식으로, 어떤 콘셉트의 책을 어떤 목차에 따라 쓸지 작가와 편집자가 사전에 협의를 거쳐 쓴다. 다른 하나는 먼저 집필한 다음 콘셉트를 잡는 방법이다. 이런 경우는 이미 집필한 원고를 모아 콘셉트와 목차를 뽑아 정리한다. 박연준 시인의 산문집은 후자에 해당한다. 실제로 많은 경우가 후자에 해당한다. 작가의 산문집은 트렌드나 이슈에 맞추어 기획되지 않고, 일간지나 잡지 등에서 청탁을 받거나 연재한 글의 정리 차원으로 시작되기 때문이다. 이번 박연준 시인의 산문집은 한 매체에서 하나의 콘셉트로 일 년 반이라는 압축된 기간에 쓴 것이라 편집 난도가 높은 편은 아니다.

맨 먼저 할 일은 원고를 읽는 것이다. 천천히 공들여 읽는다. 작가가 이 글들을 쓰며 천착한 주제나 대상이 있는지, 원고의 특징이 무엇인지, 빛나는 부분은 어디인지 파악하며 읽는다. 작가의 이전 작품과 비슷한 점은 무엇이며 다른 점은 또 무엇인지까지 짚을 수 있다면 금상첨화겠다. 편한 방식으로 메모를 하거나 밑줄을 그으며 읽는 것이 좋다. 일독을 끝내면 메모한 문장이나 단어, 밑줄 그은 대목을 정리한다. 거기에 이 원고가 어떤 책이 될지 힌트가 담겨 있으니까.

　박연준 시인의 산문 원고를 일독한 뒤 내가 정리한 내용 가운데 가장 눈에 띄는 특징은 '계절감'이었다. 격주에 한 번씩 일상을 관찰한 글이다 보니 자연스레 계절의 풍경을 비롯해 계절이 소환한 기억이 담긴 글이 많았다. 계절감과 연결할 수 있는 메모 내용은 감각과 관련된 것이었다. 맛, 촉감, 냄새 같은. 일상의 에피소드 – 에피소드가 자극한 감각 – 감각이 불러온 기억 – 기억이 돌이켜 보게 한 그때의 나와 지금의 나. 이와 같은 구조로 이루어진 글이라고 파악하고 나니 자연스레 목차도 계절감을 중심으로 짜게 되었다. 이때 물론 봄 – 여름 – 가을 – 겨울 사계절순으로 정리해 볼 수 있을 것이다. 그러나 나는 겨울 – 봄 – 여름 – 가을의 순서를 택했다. 1부 겨울의 어둠과 추위를 지나 2부 봄의 밝음과 따스함으로 넘어갈 때 환기되는 기분을 독자가 자연스레 느끼면 좋겠다는 생각이었다. 책을 열자마자 만나는 봄은 겨울을 지나 만나는 봄과 다를 것이고, 또 책의 마무리를 추운 겨울로 하는 것보다는 깊어 가는 가을로 맺는 편이 여운도 남기고 완독의 만족감도 높이리라 판단했다. 2월 말

~3월 초 출간으로 계획했기에 겨울 혹은 봄을 시작점으로 고민했는데, 만약 한여름에 출간할 계획이었다면 여름을 시작점으로 두고 고민했을 것이다. 책은 나온 직후에 가장 많이 읽히게 마련이고, 기왕이면 독자가 지내고 있는 계절과 책이 시작되는 계절이 맞물리면 좋지 않을까, 독자가 더 쉽게 몰입할 수 있지 않을까 하고 생각했다.

다음 순서는 재독이다. 이번엔 처음보다 속도를 내서 읽는다. 계절감에 따라 글을 분류한다. 계절감을 의식하며 읽다 보면 이전에는 지나쳤던 좋은 부분이 보인다. 그 부분을 표시한다. 특히 인상적인 글에는 따로 별표 등을 해 둔다. 이로써 1부부터 4부까지 들어갈 글의 분류가 끝났다. 각 부별로 별표 한 글을 앞으로 배치한다. "겨울의 끝에 와 있다", "여름은 갔다. 밖에, 돌연히 가을이 와 있다"처럼 다음 계절로 넘어가고 있음을 드러낸 문장이 있는 꼭지를 각 부의 마지막에 배치한다. 밑줄 그은 문장 역시 따로 정리한다. 본격적인 교정교열 작업에 들어가기 전에 읽고 발췌해 둔 부분을 표지 카피나 SNS 홍보에 이용한다. 처음 읽었을 때 좋다고 느낀 부분이 이 책을 아직 읽지 않은 독자의 마음을 잡아 끌 대목이라고 보기 때문이다. 초교부터 삼교까지 교정교열을 보며 발견한 좋은 대목, 그러니까 반복해 깊이 읽으면서 새로이 느낀 감동은 신간 안내문처럼 이 책을 구체적으로 설명하는 책 소개에 활용한다.

배열을 다 하고 보니 '가을'에 해당하는 글이 상대적으로 적었다. 계절로 분류한 목차가 어떨지 의견을 물으며, 이 배열이 괜찮다면 가을에 넣을 만한 글을 더 써 주시면 좋겠다고 덧붙여 박연준 시인에게 메일을 보냈다. 다행히 시인도 이 구성을 마음에 들어 하였고 '가을'의 계절감이 잘 드러나는 원고를 보충해 쓰기로 하였다.

그사이 나는 책의 판형과 본문 레이아웃 작업에 돌입했다. 국내문학의 경우 작가가 떠올린 책의 꼴을 귀기울여 듣고 그 내용을 바탕으로 편집자가 해당 원고와 가장 잘 어울리는 만듦새로 이끌어 가는 것이 중요하다. 이번 산문집에서 박연준 시인은 처음부터 본문 글자 크기가 너무 작지 않고 판형도 작지 않으면 좋겠다는 뜻을 분명히 했다. 최근 많은 책의 판형이 작아지고 그만큼 본문의 글자 크기도 작아진 것에서 모종의 피로감을 느낀 것이었다. 그 피로감이 중요했다. 단순히 작은 책이 취향에 맞지 않는 것이 아니라, 작가가 느낀 피로감을 이번에 만든 책에서 반복하지 않는 것이 중요하다. 내 생각에도 이 책은 골똘히 파묻혀 읽는 이미지보다 여유

롭고 편안한 마음으로 책장을 넘기는 이미지가 잘 어울렸다. 판면의 여백이 많고 자간과 행간도 여유로운 책. 작가의 생각과 내 생각을 정리해 담당 디자이너에게 전했다. 이렇게 디자이너의 의견까지 더해진 판형과 본문 레이아웃 시안이 세 가지 나왔다. 머릿속으로 떠올리던 이미지가 구체화되는 첫 단계. 실제 원고의 두어 꼭지를 조판해 책을 읽듯이 찬찬히 읽어 보며 가독성을 비교한다. 마치 처음 가 본 산책로 세 곳의 느낌을 비교하는 것처럼. 이번에는 디자이너의 의견과 내 의견을 정리해 작가에게 전달한다. 그것에 작가가 오케이하면 본격적으로 교정교열 단계에 돌입한다.

앞서 이 산문집이 난도가 높은 편은 아니라고 했다. 조금 까다로웠던 작업으로 심보선 시인의 첫 산문집 『그쪽의 풍경은 환한가』가 떠오른다. 첫 시집 출간 직전인 2007년부터 2019년까지 다양한 매체에 써 온 다양한 길이와 주제의 산문을 가려 뽑아 만든 책이었다. 100편가량의 원고를 작가에게 통째로 받았다. 기고했던 매체별로 묶여 있었고 따로 순서도 없었다. 앞서 설명한 대로 이 원고 역시 일독하며 특징을 파악했다. 동시에 시의성이 많이 떨어지는 글이 있으면 표시를 하고, 그렇긴 하지만 현재 시점에서 새로이 반추할 필요가 있는 글에는 또 다른 표시를 하며 읽느라 시간이 제법 걸렸다. 그렇게 뽑아낸 키워드는 인간, 예술, 사회였다. 심보선 시인이 십 년 넘게 쓴 글을 관통하는 세 개의 키워드. 재독하며 전체 원고를 세 개의 부로 나누어 정리했다. 원고 일부는 빼고, 일부는 현재 시점에서 코멘트를 적어 꼭지 말미에 붙이는 것이 좋겠으며, 전체 목차는 세 개 부로 잡아 보았다 하고 시인에게 의견을 전했다. 작가 자신도 오랜 기간 자신이 써 온 글을 돌아볼 기회가 없었을 터인지라 이 세 키워드에 천착했음을 새로이 깨닫는 계기가 되었다 했다. 작가가 이 구성을 받아들여 인간, 예술, 사회를 자신의 언어로 바꾸어 영혼, 예술, 공동체로 새로이 가다듬었다. 그것을 내가 다시 받아들여 순서를 확정하고 이후 편집 작업을 이어 갔다.

100편 가까이 되었던 원고는 작가와 의견을 주고받으며 77편으로 정리하였다. 작가가 빼자고 한 원고 가운데 지금 읽어도 충분히 의미 있고 매력적인 글이라면 그 부분을 잘 설득해 빼지 않았다. 시간이 흐른 만큼 이전의 생각이나 가치관이 달라져, 지금이라면 다르게 썼을 것 같다고 하는 원고만 뺐다. 작가와 편집자 서로 누가 어떻게 설득하느냐에 따라 원고 구성은 물론 수록되는 글의 개수도 달라질 수 있다. 같은 원고라도 백 명의 편집자가 있다면 백 권의 아주 많이 다른 책이 나올 수밖에 없는 이유다. 어떤 편집자는 박연준 시인의 산문집을 책과 영화 등을 소재로 삼은 챕터와 일상 에피소드를 중심으로 한 챕터로 나누어 부 구성을 했을 것이고, 어떤 편집자는 심보선 시인의 산문집에서 나와 다른 키워드를 뽑았을 것이다. 시간순으로 배열해 연도별로 부 구성을 했을 수도 있다. 시의성을 강조해 시인이 통과한 그 시간들을 오롯이 보여 주는 데 방점을 찍고.

소설집에도 기획이 필요할까?

산문집만큼은 아니지만 소설집에도 기획이 필요하다. 소설집은 일정 기간 모인 예닐곱 편의 단편을 묶는 것이 일반적이다. 이 경우 본문 편집 과정에서 중요한 포인트 중 하나가 수록 순서이다. 여러 지면에 발표한 작품을 모아 스토리라인을 만들어야 하기 때문이다. 작품을 차분히 일독하면서 작가가 이 기간 동안 어떤 문제나 소재에 관심을 기울였는지 파악하는 것이 중요하다. 그 맥락을 바탕으로 두고 가장 좋은 작품 두 편을 뽑아 맨 앞에 배치하는 것이 일반적이다. 이런 배치가 소설집에만 해당하는 건 아니다. 독자 대부분이 책의 앞부분부터 읽게 마련이므로 자연스레 이 책에서 가장 매력적인 부분을 앞에 배치하게 된다. 그리고 소설집 전체를 마무리하고 여운을 남기기에 좋은 작품을 맨 마지막에 배치한다. 가운데에 놓일 작품은 길이와 톤을 고려해, 읽는 이의 몰입도를 가능한 한 높이는 쪽으로 고민한다.

　작가가 원하는 수록 순서가 분명한 경우도 있다. 그 경우 그 순서대로 찬찬히 일독한다. '네 번째 수록작이 정말 좋은데? 여기에 두기 아깝네', '두 번째 작품이 너무 길어서 좀 지치는 기분이 들어. 남은 작품이 많은데 말이지' 같은 감상을 메모해 둔다. 작가는 작품을 쓰고, 퇴고하고, 하나로 모아 다시 정리하면서 자신의 작품을 여러 차례 반복해 읽었기 때문에 거리를 두고 객관적으로 바라보는 것이 어려울 수 있다. 작가가 생각하는 좋은 작품과 독자가 생각하는 좋은 작품이 늘 일치하는 것도 아니다. 소설집은 작가만의 것이 아니기 때문에 편집자가 이 사이에서 연결고리가 되어 주어야 한다. 첫 느낌이 중요하다는 생각을 하고 첫 일독에 공을 들인다. 편집자로서 판단하기에 좋은 목차를 짜서 작가와 상의해 최종 목차를 결정한다. 작가 역시 본인 의견도 중요하지만 독자와 시장을 고려하지 않을 수 없다는 점을 잘 알고 있으므로, 편집자가 구체적이고 분명하게 의견을 내면 거기에 귀를 기울일 수밖에 없을 것이다.

 김영하 작가의 『오직 두 사람』은 작가가 7년 만에 출간하는 소설집이었다. 총 일곱 편의 단편을 펼쳐 놓고 보니 묘하게도 각 편이 무언가를 상실한 사람 그리고 상실 이후의 삶을 사는 인물이 등장하는 이야기였다. 분위기가 비슷한 작품을 나누었더니 두 묶음으로 나뉘었다. 의도하고 썼던 건 아닌데, 그 기준점이 2014년 4월의 비극적인 사건이었음을 작가도 이 소설집을 묶으며 처음 알았다 했다. 그 이전에 쓰인 「옥수수와 나」, 「최은지와 박인수」 등에서는 무언가를 잃은 인물들이 불안을 감추기 위해 자기기만에 가까운 합리화로 위안을 얻고 연기하듯 살아간다. 기존의 김영하 작가 작품에서 자주 만날 수 있던 인물이다. 반면 그 이후에 쓰인 「오직 두 사람」, 「아이를 찾습니다」 등의 인물들은 연기 같은 것은 포기한 채 '상실 그 이후'의 삶을 필사적으로 살아가고 있었다. 오랜만에 읽는 김영하 작가 소설집에 기대할 위트와 지적인 즐거움, 짜릿한 통찰은 2014년 이전에 쓰인 작품에 훨씬 더 잘 담겨 있지만, 나는 작가가 7년이란 긴 기간을 통과하며 달라진, 달라질 수밖에 없었던 데 독자가 더 주목하길 바랐다. 그래서 다소 무겁고 어둡다 느껴질 수 있는 2014년 이후의 작품을 앞에 두는 것이 맞는다고 보았다.

　주제의식이 아니라 소재 혹은 테마를 중심으로 소설집을 묶을 수도 있다. 대표적인 예로 김중혁 작가의 소설집을 들 수 있다. '연애소설' 모음인 『가짜 팔로 하는 포옹』, '도시소설' 모음인 『일층, 지하 일층』이 대표적이고, 각종 아날로그적 도구로 이루어진 박물관이라 할 『펭귄뉴스』와 온갖 소리를 모은 특별 리믹스 앨범 『악기들의 도서관』도 마찬가지다. 일정 기간 동안 쓰인 소설을 묶는다는 점에서는 같지만, 그 기간 동안 천착한 소재가 분명한 경우 그것을 내세울 수도 있다.

　김숨 작가의 소설집을 만든 일은 조금 색다른 경험이었다. 『당신의 신』, 『나는 염소가 처음이야』, 『나는 나무를 만질 수 있을까』 총 세 권을 만들었는데 특정 기간에 쓰인 작품을 묶은 건 하나도 없다. 김숨 작가는 소설집을 묶으며 당시 발표한 작품을 모두 넣지 않는 분이었고, 그러다 보니 서랍에 남아 묶이길 기다리는 작품이 있었다. 또한 소설집에 예닐곱 편을 넣는 기존의 만듦새에도 크게 얽매이지 않는 분이었다. '결혼과 이혼'으로 묶은 『당신의 신』과 '뿌리 이야기 – 존재 3부작'이라는 주제로 묶은 『나는 나무를 만질 수 있을까』에는 각각 세 편만이 담겼다. 『나는 염소가 처음이야』는 '동물소설집'

이다. 김숨 작가와 작업하며 소설집에 대한 고정관념을
많이 없앨 수 있었다.

공동의 목표를 향하여

작가와 편집자는 원고를 사이에 두고 근거리에서 의견
을 주고받는다. 설득 과정에서 대립각을 세우기도 한다.
그것이 예의 바르고 차분한 어조의 메일로 오간다. 처음
엔 이 과정의 지난함에 쉽게 지쳤다. 넘어야 할 산으로
만 보였다. 내 생각엔 내 생각이 맞으니까. 그러나 공동
의 목표는 이 원고가 오랫동안, 가능한 한 많이 사랑받
는 책이 되는 것. 이제는 설득하기 위해 스스로 명분을
쌓아 가는 과정에서도 배우고, 상대에게 설득당하면서
도 배운다고 생각한다. 그편이 정신건강에 좋고 일을 유
연하게 해 나가는 데 실제로 도움이 된다. 성향이 각각
다른 작가와 매번 새로이 이 과정을 반복하다 보면 작가
가 중요하게 생각하는 것, 포기하고 싶어 하지 않는 것
에 대한 데이터가 쌓이니까. 잊지 말자. 작가는 내 뜻을
관철시켜야 하는 상대가 아니다. 편집자는 작가의 러닝
메이트다.

　자, 그사이 박연준 시인의 산문집 추가 원고가 들어

왔다. 작가와 상의해 판형과 본문 레이아웃도 결정했다. 이제 본격적으로 교정교열에 돌입하자.

〔 2 〕

문장도 다듬고 저자와 합도 맞추고

호흡을 맞춰 본 적 없는 작가와 교정지를 주고받을 때
필요한 건 조심스러움과 과감함, 양쪽 모두이다. 작가마
다 문장을 쓸 때 습관이 있다. 본인이 의식하지 않고 반
복할 수도 있고, 의식적으로 반복해 자기 스타일로 삼
는 경우도 있다. 편집자에게도 교정 스타일이 있다. 어
떤 편집자는 불필요한(본인이 불필요하다고 생각하는)
문장부호를 핀셋으로 고르듯 골라낼 테고, 어떤 편집자
는 장문보다는 단문이 좋다고 생각해 의식적으로 문장
의 길이를 줄일 수도 있다. 정답이 있는 문제가 아니기
때문에 작가와 편집자가 합을 맞춰 가는 과정이 필요하
다. 조심스러운 마음이 들 테지만 그만큼 꼼꼼하게 교정

교열을 보고, 과감하게 표시하고 의견을 덧붙이는 것이 좋다. '이 부분 좀 걸리는데 일부러 이렇게 쓴 거겠지?', '이게 이분 스타일인가?', '괜히 건드렸다가 언짢아할 수도 있을 것 같아' 등등 망설여지는 순간이 있을 것이다. 특히 연차가 낮을수록 이런 마음이 더 자주 들게 마련이다. 내가 뭘 몰라서 실수할까 봐 걱정스러운 순간. 그러나 '이 일의 전문성은 나에게 있다! 내가 전문가다!' 하는 자기확신이 필요하다. 교정교열 한 내용을 작가가 받아들이느냐 마느냐는 다음 문제이다. 우선 내 앞에 교정지가 있다면 전문성을 최대한 발휘하는 것이 내 역할이다.

작가의 스타일 파악하기

박연준 시인과는 이번 산문집으로 작업을 처음 해 본다. 초고를 보니 박연준 시인은 쉼표를 많이 쓰고 문단의 행갈이를 빈번히 했다. 아무래도 행과 연의 구분이 익숙한 글쓰기를 오래 했기 때문에 몸에 밴 습관이리라 짐작했다. 가독성을 고려해 쉼표를 신중히 빼 나갔다. 행갈이 하여 분위기를 전환시키는 게 좋겠다 싶은 곳과 굳이 그럴 필요가 없다고 생각되는 부분을 판단해 갔다. 수식의 대상이 불분명한 꾸밈말과 부자연스러운 어순을 바로잡고 의미가 모호한 문장에 표시해 메모를 달았다. 걸리는 문장이 거의 없어 손볼 곳도 많지 않은 원고였다. 여기서 걸리는 문장이란 간단히 말해 읽었을 때 단번에 이해가 안 되는 문장이다. 무슨 말을 하려는 건지 이해가 안 돼 몇 번 더 읽게 만드는 문장이다. 조사 하나를 바꾸는 것으로 해결되기도 하고 문장의 어순 혹은 문단 속 문장의 위치를 바꾸는 것으로 해결되기도 한다.

파일로 읽을 때와 본문 레이아웃에 맞춰 조판된 교정지를 읽을 때의 느낌은 또 다르다. 읽으며 새로이 발견한 좋은 대목에 밑줄을 긋고 따로 정리해 둔다. 발췌문은 표지 문안, 광고 카피, 신간 안내문 등에 유용하므로 초고 일독부터 최종 교정을 볼 때까지 매번 정리하는 것이 좋다. 시인의 이번 산문에는 일상에서 포착한 특별한 순간들이 경쾌한 문장으로 담겨 있다. 절로 기분 좋아지는 원고를 만나면 작업하는 내내 흥이 난다. 이 원고를 누가 언제 읽으면 좋을지 가상의 독자가 머릿속에 점점 그려진다.

자, 이제 작가에게 초교지를 보낸다. 국내문학의 경우 교정 단계마다 수정한 부분을 저자에게 확인받는다. 조사 하나까지도. 교정지만 보내기보다는 전반적인 교정교열 작업에서 염두에 둔 부분을 따로 메모해 동봉한다. 이번 책의 경우 교정지를 보며 각 부마다 순서를 바꾸고 싶은 몇 꼭지가 생겨 그 내용도 적고, 이 원고를 읽으며 어떤 기분이 들었는지, 무엇이 좋았는지 진솔히 적어 초교지와 함께 작가에게 보냈다. 초교지를 받아 든 작가는 내가 본 교정교열이 과하다고 생각할 수도 있고, 적절하다고 생각할 수도 있다. 전자라면 어떤 이유로 쉼표와 행갈이를 많이 해야만 했는지 답신이 올 것이다. 설령 작가가 언짢아할지라도 내 작업물이 '틀린' 것은 아니니 위축되거나 잘못했다고 여길 필요는 없다. 국내문학의 교정교열 내용의 최종 판단은 대개 작가가 한다. 원고에 대한 최종 결정권은 저작권자인 작가에게 있다. 그러니 교정교열을 보며 마음에 걸리거나 이상하다고 생각되는 부분을 과감하게 표시하여 작가가 고민해볼 여지를 많이 남기는 게 좋다.

여기서 간과하면 안 되는 것이 그 과감함이 '내 입맛에 맞는 문장'으로 뜯어고치는 게 아니란 점이다. '올바른 문장'이라는 틀을 머릿속에 심어 두고 그에 맞추어 바꾸어 나가는 것도 아니다. 앞서 말한 것처럼 특정 문장부호가 그 효과를 기대하기 어려운 곳에 반복적으로 사용됐다거나, 모호한 단어 선택, 논리의 비약, 문학적 표현이라 여기기 어려운 비문, 무의식적으로 사용한 차별 혹은 혐오의 언어 등이 읽는 이로 하여금 가독성을 떨어뜨리고 내용을 이해하기 어렵게 만들 때 그것이 작가의 의도라고 생각해 그냥 두지는 말자는 얘기다. 분명히 정해진 기준이 있는 것이 아니기 때문에 간단히 설명할 방법은 없다. 다만 자신만의 기준을 세우고 그 기준을 꾸준히 갱신하는 것이 중요하다. 경제경영서와 자기계발서를 만들 땐 저자가 작가가 아니었기 때문에 교열은 물론 때로는 리라이팅에 가깝게 원고에 손을 많이 댔다. 그때는 글쓰기의 기본기가 탄탄한 작가의 책을 만들면 교정교열 작업이 훨씬 수월할 거라 믿었다. 비교하자면 교정교열의 품이 덜 드는 것은 사실이다. 그러나 조심스럽게 고민을 거듭하고 과감하게 판단하는 순간순간의 어려움은 훨씬 크다. 결국 편집자는 자신이 쌓아온 '읽기의 경험'을 믿어야 한다.

작가를 믿지 않는다

교정교열의 큰 부분을 차지하는 것 중 하나가 사실확인(팩트체크)이다. 문학작품도 마찬가지다. 기본적으로 '작가를 믿지 않는다'라는 생각으로 임하는 것이 좋다. 산문이건 소설이건 작가가 확인을 해 가며 작품을 썼겠지

하고 믿다 보면 실수하기 마련이다. 어떤 소설 작품에서 오월의 들판을 묘사한 장면을 만났다. 여러 꽃이 만발한 풍경을 공들여 쓴 대목이었다. 거기에 언급된 꽃을 하나하나 검색해 개화 시기를 확인한다. 그중 하나가 가을에 피는 꽃이었다. '작가님, 이 꽃은 가을에 개화하네요. 이 장면과 어울리지 않아 보입니다. 다른 식물로 대체하거나 빼는 것이 좋겠습니다'라고 메모한다. 어떤 소설에서는 권총의 특정 모델을 묘사하는 장면이 있었다. 총의 어느 부분에 로고가 박혀 있다는 대목이 있기에 검색을 했다. 위치가 틀렸다. 메모한다. 또 다른 작품에서는 화자가 A 도시에서 B 도시로 걸어서 이동하는 대목이 나왔다. 사람이 걷는 속도와 이동 중 먹고 자는 시간을 헤아려 봤을 때 터무니없이 빨리 이동했다는 걸 알 수 있었다. 메모한다. 1990년대를 배경으로 한 소설이라면 여성 화자가 클렌징오일로 메이크업을 지우는 것보다는 콜드크림으로 지우는 것이 자연스럽지 않을까? 메모한다. 근미래가 배경인 작품에서 고양이가 쥐를 잡는 대목이 나온다면 그 시대에도 쥐가 있을지, 고양이가 쥐를 잡는다는 인식이 당연하게 여겨질지 생각해 볼 필요가 있다. 팩트체크의 범위는 넓다. '이런 것까지 확인해야 해?' 확인해야 한다. 결국 디테일이 리얼리티를 좌우하고 문학작품은 특히 그렇다.

팩트체크를 하며 교정교열을 볼 때 주의할 점은 독자가 책을 읽는 것처럼 이야기를 따라 읽지 않아야 한다는 것이다. 편집자는 이미 한두 번 원고를 읽고 내용을 파악한 상태에서 본격적으로 교정교열을 한다. 그러므로 읽으며 이어질 내용과 어긋나는 부분이 있다면 앞부분에서 알아챌 수 있다. 등장인물이 납득되지 않는 행동이나 말을 하진 않는지, 개연성이 떨어지는 장면 전환이 있진 않은지 의식하며 원고를 읽어야 한다. 특히 인물 간의 동선이 복잡하거나 동작이 많은 장면에서는 머릿속에 그림을 그려 가며 이 문장들만으로 말이 되는 상황인지를 따져 봐야 하는데, 굵직한 스토리라인을 따라 읽다 보면 스치듯 지나칠 수 있다. 가령 어느 소설에서 주인공 부부가 마트에서 카트를 끌고 에스컬레이터로 내려오고 있다고 하자. 누군가 무엇을 잡거나 끌고 내려오고 있는 동작만 생각하고 그다음 장면으로 넘어가기 쉽다. 그러나 편집자라면 이 장면을 그대로 머릿속에 그려 보고 '에스컬레이터'가 잘못되었다는 것을 알아채야 한다. '무빙워크'가 맞는 것이다. 카트를 끌고 있으니 말이다(실제로 내가 한 수많은 실수 중 하나다). 잘 읽히고 재밌는 작품일수록 이런 실수가 나오기 쉽기 때문에 이제는 원고가 좀 흥미진진하다 싶으면 바짝 긴장한다.

같은 맥락에서 맞춤법과 띄어쓰기 오류를 잡는 교정 작업에서도 원고의 '내용'을 읽는 것이 아니라 '글자'를 읽는다는 생각을 의식적으로 곱씹어야 실수가 줄어든다. '삶은 계속된다'가 '삶은 계속된다'라고 쓰여 있을 때, 글자가 아니라 내용을 읽으면 의식하지도 못하는 사이에 '삶은'을 '삶은'으로 머릿속에서 자동 교정 해 버릴 수 있다. 그럼에도 놓치는 부분이 많다면 최종 교정 단계에서 한 글자 한 글자 눈으로 읽는다는 생각을 하면서, 사무실에 나 혼자 있다면 실제로 입으로 소리를 내면서 읽는 것이 도움이 된다. 다시 한 번 말하지만, 내용이 아니라 글자를 읽는 것이다.

숲도 보고 나무도 보는 일

원고에서 한 발 떨어져 숲 전체를 보듯 구조와 개연성을 확인하고, 숲속 나무 한 그루 한 그루를 살피며 오류를 잡아내는 데에는 숲과 나무를 의식하고자 집중하고 노력하고 반복하는 것이 답이리라. 선배나 팀장이 본 크로스 교정지와 오케이 교정지를 꼼꼼하게 살피는 것도 큰 도움이 된다. 본인이 자꾸 놓치는 것, 몰랐던 맞춤법과 교열 방식을 오답노트처럼 따로 정리하는 것도 유익하다. 본격적으로 교정교열 작업에 돌입하기 전 한 번씩 오답노트를 훑어보고 시작하는 것만으로도 뇌가 살짝 긴장한 것이 느껴진달까, 정신을 똑똑히 차리게 된달까. 교정교열을 보는 횟수가 늘어 갈수록 오답노트에 적어 두었던 내용도 하나씩 지워질 것이다. 그만큼 내가 성장하고 있다는 뜻일 테고 그것을 실질적으로 확인해 가는 과정이 일에 대한 자신감을 키워 주리란 건 더 설명하지 않아도 될 터이다. 이제 자신을 믿고 펜을 들어 보자.

{ 3 }

편집자의 외근

편집자의 일상이라고 하면 대개 책상 앞에 앉아 고개를 숙인 채 교정지에 코를 박고 있는 모습부터 떠올릴 것이다. 물론 그러고 있는 시간이 가장 길지만 때때로 외근도 나간다, 오늘처럼.

두 건의 외부 업무가 겹친 날이었다. 회사가 파주에 있다 보니 한 번에 도는 게 낫다. 운전할 필요성을 전혀 못 느껴 지금껏 대중교통을 이용해 왔는데, 올해는 꼭 운전면허를 따야겠다 하고 다짐한다. 기동성이 떨어지고 시간도 많이 버린다. 파주~마포구까지는 어찌어찌 해결이 되는데 오늘처럼 상암동에 들렀다가 혜화동으로 이동해야 하는 날이면 역시, 면허를 따야겠다고 생각한다.

오디오북 녹음 현장에 가다

낮에는 상암동 오디오북 녹음실에 들러 김영하 작가의 『오직 두 사람』 오디오북 녹음을 참관했다. 오디오북은 판매 추이를 분석하기에는 이른 감이 있고, 제작이 점점 활발해진다는 체감은 하고 있다. 5~6년 전 전자책 시장이 확산될 조짐이 보이자 '종이책 위협하는 전자책' 같은 종류의 기사가 나고 출판계에 묘한 위기감이 느껴지던 것과 달리, 오디오북은 시대가 변하고 매체가 변하면서 자연스러운 흐름으로 느껴지는 것 같다. 그사이 전자책 시장이 출판계의 일부로 자리 잡기도 했고. 전자책이나 오디오북처럼 1차 콘텐츠가 각기 다른 몸에 실리는 것은 우려할 일이 아니지 않을까.

다시 『오직 두 사람』 오디오북 녹음 현장으로 돌아가자. 오디오북 제작업체에서 보내 준 성우 몇 분의 샘플 낭독을 들은 뒤 저자와 상의해 톤이 안정적인 최정현 성우로 결정했다. 두 개의 작은 부스에 각각 성우와 피디(그리고 나)가 들어간다. 최정현 성우가 미리 여러 차례 이 소설집을 낭독해 본 뒤 어떤 순서로 낭독하면 좋을지 구상해 왔다. 단편마다 길이가 다르고 화자의 성별이 다르고 작품의 성격이 다르기 때문이다. 수록작 순서대로 낭독하지 않을까 막연히 생각했던 터라 조금 놀랐다. 내가 모르던 전문가의 세계에 발을 들인 기분.

　나는 표제작인「오직 두 사람」낭독을 참관했다. 시작 부분을 여러 차례 읽으며 피디와 성우가 톤을 조율했다. 나는 이 책의 콘셉트를 잡고 '어떤 책으로 보이면 좋을지' 고민했던 편집자로서 성우의 낭독이 작품과 어울리는지 의견을 보탰다. 잘못 읽거나 끊어 읽은 데가 애매하거나 속도가 빨라지거나 연기가 과하거나 하면 낭독을 멈추고 조율하고 다시 낭독했다. 대화 낭독 중 등장인물이 감정이 격해져 흐느끼는 장면이 있었는데, 최정현 성우가 그 장면을 낭독하며 실제로 눈물을 흘려 잠시 쉬어 가기도 했다. 대개 이렇게 감정적으로 몰입해 읽는지 피디에게 묻자, 그런 경우도 있고 아닌 경우도 있다고 했다. 각자가 생각하는 좋은 낭독이 다를 것이다.

　실제로 낭독할 텍스트를 미리 읽지 않는 성우도 있었다. 내용에 지나치게 몰입하지 않고 자연스럽고 정확하게 읽는 것이 더 중요하다고 생각하는 것이리라.

이때는 피디와 성우가 톤을 조율하는 시간이 길어졌지만 그만큼 피디가 원하는 톤을 끌어내기가 쉬웠다. 성우 몸에 그 작품이 스며 있지 않으니까. 『오직 두 사람』의 경우 성우가 충분히 준비하고 잡아 온 톤이 피디가 듣기에 적합했기에 순조롭게 진행될 수 있었을 것이다.

「오직 두 사람」 단편 한 편 낭독에는 한 시간 반이 걸렸다. 다른 작품의 낭독이 끝나고, 오디오 파일을 매끄럽게 편집하고, 편마다 시작하고 끝나는 부분에 배경음악을 깔고, 그리고 아마 내가 다 짐작할 수 없는 여러 과정을 거친 최종 낭독본이 나오면, 며칠 뒤 나에게 도착할 것이다. 그러면 나는 종이책을 펼치고 오디오북을 들으며 한 문장 한 문장 검수한다. 누락된 부분은 없는지, 잘못 끊어 읽은 곳은 없는지, 편집이 잘못된 곳은 없는지, 음악 사용이 직절한지 등을 확인한다. 수정 요청 사항을 정리해 전달하면 제작업체에서 그 부분을 재녹음한다. 다만 재녹음을 하면 미묘하게 앞뒤 연결이 어색해지는 경우가 있어 재녹음은 가급적 최소한으로 한다. 의미가 명백히 잘못 전달되게 읽었거나 너무 어색한 경우에 한해 요청하는 편이다. 또한 길이가 긴 작품의 경우 파일을 여럿으로 나누어 업로드하기 때문에, 어디서 챕터를 끊을지도 지정해야 한다.

잘못 읽는 부분이 있을까 싶지만 낭독이나 편집에서 실수는 나오게 마련이다. 예를 들면 이런 식이다.

— 단편 「옥수수와 나」 낭독 파일 52:52, 종이책 143쪽 하2행 "#사장월스트리트너구리_권총"에서 '#'을 '샵'이라 읽으셨는데 '해시태그'로 부탁드립니다.

— 단편 「최은지와 박인수」 낭독 파일 16:30, 종이책 201쪽 하3행과 4행 "거기 가만히 계세요. 저희가 갈게요"는 아내의 대사, "당신은 가지 마"는 남편의 대사인데요, 두 대사가 똑같이 들려서 헷갈립니다. 아내 쪽 대사를 다시 부탁드립니다.

— 단편 「신의 장난」 낭독 파일 20:06, 종이책 244쪽 하2행 "가슴을 짓누르는 불안감"에서 '불안감'을 '불안함'으로 읽으셨습니다. 수정 부탁드립니다. 낭독 파일 01:02:40, 종이책 264쪽 상1행 "이정은 씨는 이제 세계적인 대기업에 정규직으로 특채되었습니다"가 두 번 반복됩니다.

시상식에 참석하다

저녁에는 혜화동으로 이동해 한무숙문학상 시상식에 참석했다. 정용준 작가가 2018년 4월 출간한 장편소설 『프롬 토니오』로 제25회 한무숙문학상을 수상했다. 한무숙문학상은 1993년 설립된 한무숙재단에서 시상하는 문학상이다. 한무숙 소설가의 문학 업적을 기리고 한국문학 발전에 기여하고자 1995년부터 매년 시상하고 있다. 제22회 수상작으로 김언수 작가의 『뜨거운 피』가 선정되었고 그 작품도 내가 편집했던 책이라 당시 시상식에 참석했다. 그때처럼 이번 시상식도 마로니에공원에 위치한 좋은공연안내센터 다목적홀에서 개최되었다. 근처 꽃집에서 산 꽃다발을 안고 시상식장으로 향하는 기분이 좋지 않을 수 없다. 작가가 몇 년간 쓴 작품을 받아 공들여 책으로 만들었다. 그 물성과 문학성을 독자와 평단이 알아주는 것만큼 보람 있는 일이 또 없다. 그러나 상을 받는 입장은 또 여러모로 쑥스럽게 마련일 테고 시상식장에서 만난 작가들은 기쁘고 좋은 한편 숨고 싶기도 하다는 얼굴로 손님을 맞이한다. 정용준 작가도 그랬다. 그러나 세 아이와 가족이 함께했고, 든든한 동료이자 친구인 서효인 시인이 시상식의 사회를, 김태용 작가가 축사를 맡아 주었다. 담당 편집자인 나는 열심히 박수를 쳤다. 역시 상은 좋은 것. 축하합니다!

한무숙문학상처럼 시상식을 연초에 여는 상은 흔치 않다. 시상식은 대개 연말에 몰려 10~12월 달력에는 시상식 일정이 곳곳에 적혀 있다. 대산문학상, 김유정문학상, 동인문학상, 한국일보문학상 등등. 내가 만든 책, 내가 맡은 작가가 상을 받으면 가능한 한 참석한다. 작가가 한 출판사에서만 책을 내는 경우는 많지 않기 때문에 시상식장에 가면 다른 문학 출판사 편집자와도 인사를 나누게 된다. 같은 배를 탄 업계 동료이자, 목표물(?)이 같은 경쟁 관계이기도 한지라 연대감과 긴장감이 동시에 느껴진다(나만 그렇게 느끼는 것일까……). 축하하러 온 다른 작가와 인사를 나누는 자리이기도 하다. 근황이나 집필 상황 등등 내 머릿속 작가 데이터베이스를 업데이트한달까.

요컨대 책이 출간됐다고 끝이 아니고, 어느 작가와 작품 하나를 같이했다고 끝이 아니란 얘기다. 작가는 작품을 계속 쓸 것이고 작가와 편집자의 관계도 계속 이어 나가야 하는 것이므로.

작가와의 첫 미팅

책이 나오기 전에는 무슨 일로 외근을 나갈까. 가장 떨리는 외근은 작가와의 첫 미팅이다. 십여 년간 경험한 첫 만남을 떠올리니 심장박동이 빨라진다. 설레고 긴장되고 잘하고 싶고 실수하기 싫고 좋은 인상을 남기고 싶고 처음이자 마지막이 아니길 바랐던 날의 기억.

　　첫 미팅은 어디에서 하는 게 좋을까? 작가가 원하는 시간대와 장소가 있다면 물론 그에 맞춘다. 그렇지 않다면 서너 시쯤 교보문고 합정점 인근 카페로 조율한다. 파주출판단지에서 서울로 나오는 편집자의 동선에 맞춰 주려는 작가들이 많고, 그럴 때 서로 편한 접점이 이곳이다. 처음 만나 밥을 먹는 것이 모두에게 편한 일은 아닐 터이니 서너 시쯤 만나 차 한잔하는 쪽이 낫다. 또한 서점 근처에서 만나기로 하면 둘 중 한 사람이 조금 일찍 도착했을 때도 큰 부담이 없다. 대개 편집자 쪽이 먼저 도착할 텐데, 조금 일찍 가서 서점을 둘러보며 곧 만날 작가의 책이나 유사 도서를 직접 살피는 일은 심적으로도 업무적으로도 도움이 된다. 작가와 미팅을 마친 뒤 함께 서점으로 이동해 이야기 나누었던 책들을 살필 수도 있다. 서로가 떠올린 책꼴이 제대로 전달되었는지 실물 도서를 두고 정리해 보는 것이다.

약속 시간 십 분 전이 되면 카페로 이동한다. 출입구 쪽을 등지고 앉지 않도록 한다. 작가가 들어오면 먼저 반갑게 인사를 하고 차를 주문한다. 작가가 커피를 마시지 않을 수도 있고 단 음식을 좋아하지 않아 디저트를 사양할 수도 있다. 기억해 둔다. 다음 번 만남에서 "작가님, 커피 안 드시죠? 그때처럼 페퍼민트 어떠세요?" 같은 말 한마디가 별것 아니지만 도움이 된다. 자신의 기호를 기억해 주는 사람에게 불쾌감을 가질 사람은 없으니까. 작가가 먹지 않거나 하지 않는 게 있다면 좋아하는 게 무엇인지 물어보는 것도 좋다. 싫어하는 것 말고 좋아하는 것. 자연스레 작가가 좋아하는 것에서 대화를 시작해 간다. 미팅에서 어색한 분위기를 부드럽게 만드는 일은 편집자의 몫이다. 자신이 내향적인 성격이라 분위기를 만들어 나가는 것이 어렵다 생각할수록 이런 디테일에 신경 쓰는 편이 좋다.

자, 본격적으로 책 이야기를 시작한다. 기획서의 경우 기획안을 두 벌 마련해 작가와 편집자가 각자 기획안을 보며 대화할 수 있게 한다. 미팅 전 메일로 작가 또한 어느 정도 기획의 윤곽을 잡았겠지만 처음부터 차근차근 설명한다. 왜 이런 책을 기획했는지, 이 기획과 작가가 왜 잘 맞는지, 어떤 독자에게 읽힐지, 유사 도서로는 어떤 책이 있는지, 어떤 만듦새를 떠올리는지. 그리고 기획안에 다 적지 못한 이야기도 한다. 이 책이 왜 지금 필요한지, 왜 당신이 써야 하는지, 누가 읽게 될지, 어떤 책으로 만들어질 것인지 같은 내용을 말한다. 이때 편집자가 작가의 책을 얼마나 꼼꼼히 읽어 왔는지, 출판 트렌드에 얼마나 민감한지, 시장 분석을 얼마나 치밀히 해 보았는지가 드러날 수밖에 없다. 이 기획에 대한 애정과 확신이 더불어 전달된다면 더할 나위 없다. 내가 만든 책 혹은 내가 속한 출판사에서 나온 책 가운데 많이 알려진 책 혹은 이 기획과 어울리는 좋은 책 두어 권을 챙겨 가 예시로 설명도 하고 선물도 한다.

책을 내 본 경험이 없거나 적은 작가의 경우 '과연 이걸 내가 잘 쓸 수 있을까' 하는 걱정이 가장 크다. 이 경우 '지금 출판계에 이 아이템을 필요로 하는 독자가 있다. 유사 도서로 이런 책이 있고 판매가 잘된다. 그런데 지금까지 나온 책과 달리 당신에게는 이런 특장점이 있다. 이 부분을 잘 살려 쓰고 만든다면 좋은 책이 될 것이다'라고 설득해야 한다. 작가가 잘 모르는 본인의 강점을 편집자가 알아봐 주는 것, 의지할 수 있도록 전문성을 보여 주는 것이 필요하다.

책을 내 본 경험이 많고 성공한 경험도 많은 작가의 경우 '이 책에 출판사가 얼마나 힘을 실어 줄 것인가'를 궁금해하는 경우가 간혹 있다. 연차가 낮을 때는 이 작가를 놓칠지도 모른다는 불안감과 어설픈 임기응변으로 확답할 수 없는 부분까지 섣불리 장담하는 실수도 했다. 이 책이 얼마나 팔릴지, 회사에서 광고를 얼마나 할지, 얼마나 빨리 출간할 수 있을지 등등은 예단할 수 없고 나 혼자 결정할 수 있는 일이 아닌데 말이다. 가령 일간지 전면 광고가 가능하냐는 질문 같은 것. 회사 규모에 따라 가능할 수도 있고 아닐 수도 있다. 책의 성격에 따라 유효한 광고일 수도 있고 아닐 수도 있다. 그 경우 '책의 이런이런 성격상 일간지 광고보다는 온라인 광고가 더 잘 어울리고 저희 출판사는 온라인 광고에 이런이런 강점이 있다' 하고 답하는 편이 좋다. 그 판단이 어렵다면 '제가 지금 확답하긴 어렵고 마케팅팀과 논의해 책과 가장 잘 맞는 방안을 생각해 답신드리겠다' 정도로 대답하면 된다. 사실 이렇게 대답하는 것이 연차가 얼마 안 되었을 땐 쉽지 않았다.

약속할 수 있는 것과 없는 것을 정확하게 답하고, 기대하는 지점과 우려하는 지점을 솔직히 짚고, 작가가 낸 아이디어 가운데 쓸모가 있는 것과 없는 것을 분명히

(그러나 부드럽게) 나누는 것. 그러니까 미팅이란 상대방과 나 사이, 상대방과 출판사 사이에 신뢰를 쌓는 일이며, 그 바탕에 각자의 전문성을 존중하는 태도가 있어야 한다는 점을 일을 하면서 배워 나갔던 것 같다. 작가의 뜻에 무조건 맞춰서 점수 따는 자리가 아니라, 내가 어떤 편집자이고 내가 속한 출판사가 어떤 회사인지 작가가 가늠하고 판단하는 것만큼 나도 작가가 어떤 방식으로 작업하는 사람인지 판단하는 자리라는 것 또한.

기획서가 아닌 작품집을 만들기 위해 소설가나 시인을 처음 만나는 경우도 크게 다르지 않다. 작품이 어느 정도 모였는지 확인하고 더 묶일 작품이 있다면 언제쯤 다 모일지 가늠하여 출간 계획을 논의한다. 장편 집필을 제안하거나, 작품 소재를 두고 아이디어를 나누기도 한다. 집필을 낮에 하는지 밤에 하는지 같은, 작가마다 다를 습관이나 방식을 확인해 기억해 둔다. 편집자와 소통할 때 메일 혹은 문자보다 전화 통화가 편하다는 작가도 있다. 이 역시 기억해 둔다. 최근 작가의 관심사에 대해, 그것이 집필에 어떤 영향을 미치는지에 대해 이야기 나눈다. 작가의 전작을 꾸준히 따라 읽어 왔다면 그 관심사가 어떤 맥락에서 이어지는지 혹은 완전히 다른 방향을 향하고 있는지 이해하기 쉽다. 그만큼 이야깃거

리도 많을 것이다. 경험상 이게 제일 중요한 것 같다.

　'내가 작가라면 편집자와의 미팅에서 무엇을 기대할까?' 입장을 바꾸어 생각해 보자. 최근의 문학 출판의 동향이나 눈에 띄는 작가, 인상적으로 읽은 책도 좋지만 가장 중요한 건 내 앞에 앉아 있는 이 작가의 작품을 내가 얼마나 이해하고 있느냐이다. 전부는 어렵더라도 이 작가의 대표작 두어 권과 가장 최근작을 읽고, 작가와 관련된 기사를 검색해 보고, 공개된 SNS가 있다면 한번 살피는 정도는 미팅 전에 준비해야 서로 영양가 있는 시간을 만들 수 있을 것이다. 글은 이렇게 썼지만 여전히 첫 미팅은 긴장된다. 글은 삶보다 쉬운 법인가 보다.

2

둘째 주

— 박연준 산문집 저자교 입고, 제목 확정
  『모월모일』
— 박시하 시집 『무언가 주고받은 느낌입니다』
  인쇄 송고/ 감리
— 주민현 시집 『킬트, 그리고 퀼트』 표지 의뢰

{ 4 }

정답이 없어서 더 어려워

박연준 시인께 보냈던 교정지가 돌아왔다. 박연준 시인은 쉼표를 많이 빼고 행갈이도 꼭 필요한 부분만 하자는 내 의견에 동의했다. 저자가 교정 본 내용을 확인해 본문 디자이너에게 수정을 넘겼다. 대개 이쯤에서 제목을 정한다. 매번 반복되는 편집 과정 가운데 특히 어려운 단계가 편집자마다 있을 것이다. 나에겐 제목의 산 넘기다. 매번 어렵다. 뻔하지 않으면서 직관적이고 기억하기도 쉽고 아름다운 제목의 어려움!

사실 이 산문집의 경우 그 산을 쉽게 넘었다. 박연준 시인이 제안한 '모월모일'이라는 제목이 마음에 쏙 들었다. 고민할 필요가 없었다. 편집부 동료들도 마케팅팀도 모두 좋다고 했다. 정말 흔치 않지만 이렇게 물 흐르듯 산을 넘을 때가 있다. 예감이 좋다.

독자는 책의 내용을 모른 채 구매한다

지금 막 책 한 권을 구매한 독자가 있다. 그에게 물어보자. 왜 그 책을 구매했느냐고. 추천사에 끌렸다, 목차를 보니 내가 찾던 바로 그 책이었다, 몇 쪽 읽어 봤는데 재밌어 보였다 등등 여러 대답을 들을 수 있을 것이다. 그 책보다 더 근사한 추천사가 실린 책, 목차가 더 촘촘하고 내용도 풍부한 책, 더 흥미로운 책이 없을까? 있을 거다, 분명히 있다. 그런데 독자가 다름 아닌 바로 그 책을 살펴보려고 '집어 들게 된 이유'는 무엇일까. 바로 '제목과 표지에 끌려서'이다. 독자가 의식했든 못했든 매대에 놓인 수많은 책 가운데 어느 한 권을 집어 든 건 그 책의 만듦새에 호감을 느꼈기 때문이다. 바로 옆에 놓인 책이 훨씬 더 재밌고 유익한 책일 수 있지만, 독자의 시선을 잡아 끌지 못한 책은 선택될 기회를 잃는다. 요컨대 독자는 책의 내용을 모른 채 책을 집어 구매한다는 이야기다. 그렇다면 제목은 책의 만듦새에 참 중요하겠다. 내용보다 먼저 읽는 글이 바로 제목이니까. 어쩌면 '가장'

중요하다고 말할 수도 있겠다. 조금 더 과하게 얘기하자면 '내용보다' 중요하다고도 말할 수 있지 않을까? 적어도 편집자에게는. 좋은 원고를 쓰는 것이 저자의 몫이라면 그것을 독자가 집어 들고 싶은 책으로 만드는 것이 편집자의 일이니까.

좋은 제목이란 무엇일까

그렇다면 좋은 제목이란 무엇일까? 책의 마지막 장을 덮은 후 표지를 쓰다듬으며 '참 좋은 제목이구나' 하고 생각할 때의 '좋은 제목'은 독자가 생각하는 좋은 제목이다. 편집자가 생각해야 할 좋은 제목은 다르다. 편집자는 책의 내용이 궁금해지는 제목을 궁금해한다. 내용을 잘 담은 제목이면서도 인상적인 제목이면 금상첨화겠으나 책 내용을 가장 잘 반영한 제목이 가장 좋은 제목은 아니라는 말이다.

제목 몇 가지를 예로 들어 보자. 『광화문 그 사내』와 『살인당나귀』, 『꿈을 찾아 떠나는 양치기 소년』이라는 책이 있다. 세 권 모두 장편소설이고 수십만 부가 판매된 책이다. 셋 중 한 권은 100만 부가 넘게 팔린 밀리언셀러다. 편집부의 의견으로 세 권 모두 제목이 바뀌어 출간되었는데, 어떤 소설인지 짐작이 가는지. 각각 김훈 작가의 『칼의 노래』, 박범신 작가의 『은교』, 파울로 코엘료의 『연금술사』다(『연금술사』의 경우 『꿈을 찾아 떠나는 양치기 소년』으로 실제 출간되었다가 출판사가 바뀌며 제목이 바뀌었다). 같은 저자, 같은 내용의 책으로 제목만 다른데, 어떤가, 이 책들의 제목이 바뀌어 출간되지 않았다 해도 꼭 그만큼 혹은 더 많이 판매되었을 거라 말할 수 있을까? '광화문 그 사내', '살인당나귀', '꿈을 찾아 떠나는 양치기 소년' 모두 책을 읽어 본 독자라면 내용을 잘 담은 제목이라 생각할 것이다. 작가는 작품에 깊이 빠져 있기에 '안 본 눈'으로 자신의 작품을 볼 수 없다. 그러므로 내용이 잘 드러나는 제목을 붙이기 마련이다.

또 다른 밀리언셀러 『82년생 김지영』을 살펴보자. 조남주 작가가 처음 출판사에 투고했을 때 이 소설의 제목은 『820401 김지영』이었다. 담당 편집자의 제안으로 지금의 제목을 갖게 되었다. 작가가 붙인 제목과 아주 다른 제목은 아니지만, 출판계 화제를 넘어 사회현상이 되는 데에는 분명 '82년생 김지영'이라는 제목이 한몫하지 않았을까? 결코 작은 차이가 아니다. 이후 『90년생이 온다』를 비롯해 세대론을 다루는 비소설 분야에서도 이 소설 제목에 영향을 받은 책을 많이 발견할 수 있다. 제목의 유사성을 넘어 관련 도서의 종수 자체가 많아졌다는 것 또한 얘기하고 싶다.

제목의 신이여, 내게로 오소서

독자에게 회자되고 사랑받는 제목을 짓는 일은 물론 쉽지 않다. 법칙이나 공식이 있는 것도 아니다. 편집자 개인의 독서 이력과 트렌드를 읽는 감각, 편집자로서 쌓아온 경험이 고루 힘을 발휘해야 한다. 편집 과정 내내 제목에 대한 고민이 편집자를 따라다닌다. 길을 걷다 떠오르기도 하고 관련된 꿈을 꾸기도 한다. 여러 아이디어가 메모지를 채우고 다양한 조합의 제목이 제목안에 나열된다. 몇십 개의 제목안을 두고 고민한 적이 편집자 모두에게 있지 않을까. 그만큼 제목안에 확신을 갖기 어렵다.

전혀 감이 잡히지 않는다면 원고를 반복해 읽는 것이 좋다. 저자가 쓴 좋은 문장과 표현 가운데 제목감을 발견하는 경우도 많다. 그러므로 매 교정 단계에서 밑줄을 긋고, 그 문장을 파일로 옮겨 둔다. 『토지』, 『사피엔스』처럼 묵직하고 간명한 단어형 제목부터 『라틴어 수

업』,『미학 오디세이』같은 단어+단어형 제목,『나미야 잡화점의 기적』,『미움받을 용기』같은 수식어+단어형 제목이나 『어떻게 살 것인가』,『죽고 싶지만 떡볶이는 먹고 싶어』같은 문장형 제목까지 다양한 방식으로 제목안을 꾸려 보자.

문학작품을 편집하는 중이라면 의외성에 주목해 보는 것도 좋겠다.『너무 한낮의 연애』(혹은 이와 유사한 구조의『너무 시끄러운 고독』),『인간 실격』,『한없이 투명에 가까운 블루』등의 제목은, 제목을 구성하는 표현 사이의 낙차가 크다. 그 낙차에서 오는 분위기가 독자의 마음을 끈다. 그러나 과욕은 금물인 것이 자칫 추상어의 나열로 인상이 희미해질 수 있기 때문이다. 구체적인 이미지를 갖는 단어가 하나 이상 들어가는 것이 좋다. 앞의 제목들에선 '연애', '고독', '인간', '블루'가 중심을 잡아 준다.

"세상에서 이름 붙이기가 가장 어려운 게 단편집이다. 독자의 눈길을 끄는 동시에 호기심을 자극하고, 맞춤하면서도 책 내용을 포괄하고, 오 헨리의 소설 제목들을 재탕한다는 느낌을 주지 않고, 허약하고 감상적이며 맹하지도 않은 제목이어야 하는 것이다"라고 좋은 제목의 요건을 정확히 파악한 이 사람은 F. 스콧 피츠제럴

드이다. 『The Great Gatsby』(위대한 개츠비)나 『Tender is the Night』(밤은 부드러워라), 『The Curious Case of Benjamin Button』(벤자민 버튼의 시간은 거꾸로 간다)(이 제목은 원제와 번역서 제목 느낌이 꽤 다르다) 등의 제목이 어떻게 결정된 건지 사뭇 궁금해진다.

다시 소설집 제목으로 돌아오자면, 그렇다, 소설집 제목을 정하는 일 역시 쉽지 않다. 앞에서 언급한 『너무 한낮의 연애』처럼 책 제목으로 맞춤한 단편이 있는 경우도 있지만 그렇지 않은 경우도 많다. 표제작으로 내세우고 싶은 작품이 있는데 제목이 아쉬운 경우에는 작가와 편집자가 상의해 발표 당시의 제목을 버리고 새 제목을 붙이기도 한다. 김애란 작가의 『바깥은 여름』이나 김연수 작가의 『나는 유령작가입니다』처럼 수록 단편의 제목 가운데 고르지 않고 새로이 책 제목을 붙이는 경우도 종종 있다. 원칙은 없다. 더 나은 결정을 하기 위한 고민이 있을 뿐이다.

소통이라 쓰고 설득이라 읽는 순간들

편집자 마음에 차는 제목(안)이 마련되었다면 저자에게 제안하기 전에 출판사 내부에서 공유하고 논의해야 한다. 함께 일하는 동료 편집자의 의견을 묻고, 마케터의 의견을 묻고, 마케터를 통해 서점의 반응도 살핀다. 책의 내용은 모르고 제목만 듣고 판단하는 사람의 의견이 매우 소중한 시점이다. 특히 마케터와 서점 직원은 독자와 가장 가까이에서 일하는 사람이므로 시장성을 고려하지 않을 수 없다. 책도 엄연한 '상품'이며 판매되고 읽히는 순간 의미가 생긴다는 점을 잊어서는 안 된다. 편집자가 생각하는 1순위의 제목이 마케터와 서점 직원의 눈에 매력적이지 않을 수 있다. 저자만큼은 아니더라도 편집자 역시 원고 내용에 이미 익숙해졌으니까. 대다수가 좋다고 꼽은 다른 제목이 있다면 편집자는 반드시 재고해야 한다.

그렇게 좁혀진 제목(안)을 저자와 논의하는 것이 마지막 단계. 생각지 못한 안을 받아 든 저자 입장에서는 낯설고 어색한 느낌이 들 수도 있다. 의견 차이가 단번에 좁혀지지 않는 경우도 많다. 왜 이 제목이 좋은지 편집자가 설명하고 설득해 나가야 한다. 이 제목에 어떤 느낌의 표지를 입히고 어떤 카피로 포장해 결과적으로 어떤 책으로 완성하고자 하는지까지 저자에게 전달한다면, 저자 역시 단순히 제목만 두고 고민하지 않고 전체적인 책의 만듦새와 물성을 상상해 볼 수 있을 것이다. 물론 마케터와 서점 직원의 의견을 덧붙여 이 책이 독자에게 어떻게 다가가는 것이 좋을지도 설명해야 할 것이다. 서점과 독자를 염두에 두지 않는 저자는 없다. 결국 출판사와 저자, 서점 모두 바라는 건 같다. 독자의 손에 바로 이 책이 쥐어지는 것. 그 독자가 이 책에서 처음 읽게 되는 글이 다름 아닌 제목이다. 여러분에게도 나에게도 제목 신의 가호가 있기를······.

{ 5 }

예쁘다고 다는 아니지

박연준 시인의 산문집을 진행하며 시집 두 권도 만들고 있다. 편집 과정 초반인 원고 하나, 중반인 원고 하나, 후반인 원고 하나 최소 세 권 이상이 동시에 돌아간다. 검토 중인 원고나 인쇄까지 넘기고 신간 안내문을 쓰는 원고까지 네댓 권이 되는 일도 많다. 시간 배분을 적절히 하고 단계별로 효율적으로 시간을 쓰는 노하우도 필요하다. 시간 활용 노하우는 따로 이야기하기로 하고 여기에서는 표지 이야기를 해 보려 한다.

　문학동네시인선130 박시하 시인의 세 번째 시집 『무언가 주고받은 느낌입니다』와 문학동네시인선131 주민현 시인의 첫 시집 『킬트, 그리고 퀼트』를 진행하고 있다. 박시하 시인의 시집은 표지와 본문을 모두 정리해 인쇄용 데이터를 송고하고 감리까지 봤다. 시인선 론칭 때부터 수류산방이라는 외주 디자인 업체에 표지를 맡기고 있다. 감리는 담당 편집자 혼자 본다. 문학동네시인선의 표지는 컬러로 승부하는 디자인이다. 앞표지에는 시인 이름과 책 제목 말고는 어떤 디자인 요소도 없이 컬러가 전면에 드러난다. 표지 색과 글자의 색, 제목의 어울림과 안정감이 전부다. 책을 뒤집어야 비로소 디자이너가 숨겨 둔 작은 그림을 만날 수 있다. 그만큼 컬러감이 중요하기에 감리를 볼 때도 매번 떨린다. 요소가 없는 표지라 군데군데 얼룩덜룩하게 나오지는 않았나 꼼꼼히 확인한다. 컬러감은 인쇄소 형광등 바로 아래서 볼 때와 자연광 아래서 볼 때 서로 다르다. 후가공도 고려해야 한다. 코팅이 되면 또 달라진다. 감이 안 잡히면 인쇄소 기장님에게 부탁해 물을 뿌려 비닐을 덮어 보기도 한다. 코팅되었을 때의 느낌과 비슷한 상태를 확인할 수 있다. 핀트(핀 혹은 삔이라 불리는)가 잘 맞았나 보는 것도 중요하다. 인쇄 감리는 마지막으로 한 번 더 표지 텍스트를 교정 볼 수 있는 기회이기도 하다. 인쇄소에서 오탈자를 발견하는 건 정말 하고 싶지 않은 경험이지만, 이때 눈에 띄는 것이 그나마 다행한 일이다.

편집자가 선택하고 결정할 것이 책 한 권을 만드는 데 몇 가지나 있을까. 디자이너 없이 혼자 감리를 보러 가서 '이걸로 해 주세요'라고 말하기까지 여러 생각이 복잡하게 오간다. 요컨대 시인선 표지 감리가 어렵다는 얘기다. 요소가 적기 때문에 인쇄 감리를 보며 신경 쓸 게 적겠다고 마음 놓았다가는 큰코다치는 경우랄까.

문학동네시인선 표지 컬러의 비밀

문학동네시인선의 표지 컬러는 어떻게 정해지냐는 질문을 종종 받는다. 세 사람의 의견이 절충되어 표지 시안이 나오고 그 가운데에서 확정된다. 제목이 정해지고 수류산방에 디자인 의뢰하기 전, 먼저 시인에게 원하는 컬러나 피하고 싶은 컬러를 묻는다. 거기에 편집자로서 이 시집과 어울리는, 그리고 앞뒤로 나올 시집의 컬러를 고려해 적합하다고 생각되는 컬러를 몇 가지 정리해 수류산방에 의뢰한다. 그러면 수류산방 박상일 방장님이 시인과 편집자의 의견을 고려한 시안과 본인이 디자이너로서 적합하다 생각한 컬러의 시안을 정리해 보내 준다. 100권이 넘는 시집에는 겹치는 색이 하나도 없다. 도착한 시안 파일을 열어 볼 때면 앞선 시집 가운데 비숫한 색감이 있었는데 하는 생각이 들기도 하는데 막상 비교해 보면 다르다. 바탕색만 보는 게 아니라 텍스트의 컬러와 뒤표지에 들어가는 이미지의 컬러를 함께 보기 때문일 것이다.

이번 작업에서 박시하 시인은 밝은 회녹색 바탕에 노랑 글씨가 좋을 것 같다고, 주민현 시인은 '뱅쇼' 색깔이나 민트, 노랑이면 좋겠다 하였다. 박시하 시인의 시집은 수류산방에서 온 디자인 시안 가운데 시인이 원한 컬러로 예쁘게 잘 나온 안이 있었다. 화면으로 봤을 때는 노랑 글씨가 가독성이 떨어지는 듯했으나, 출력실에 맡겨 교정지를 뽑아 보니 텍스트가 생각보다 안정적으로 읽혔다. 화면마다 해상도가 다르고 교정지를 뽑아 봤다 해도 실제 인쇄되는 색감과 똑같진 않지만, 화면만 보고 결정하는 경우는 없다. 출력해 실제 크기로 잘라서 다른 책들과 함께 놓아 보거나 책꽂이에 꽂아 본다. 크기와 두께, 질감 같은 책의 물성을 두루 살피는 일이 표지 디자인을 살피는 일이리라.

시인이 마음에 들어 하는 시안과 편집자가 마음에 들어 하는 시안이 다른 경우도 물론 있다. 컬러 선택은 동일한데 뒤표지 이미지 선택이 다른 경우도 왕왕 있다. 그런 경우 나는 대개 시인의 선택을 따른다. 시인선은 시리즈의 큰 틀 안에서 낱권이 디자인되고, 서점에 진열될 때도 문학동네시인선의 여러 시집이 함께 놓이는 경우가 많기 때문에 큰 틀 안에서 색감이 조화롭다면 저자의 마음에 드는 표지를 지지하려 한다.

표지 디자이너와의 소통

디자이너와의 소통은 늘 쉽지 않다. 매번 다른 타이틀을 매번 다른 디자이너와 합을 맞춰 가는 과정에는 에너지가 많이 든다. 어떤 경우에는 내가 디자이너의 스타일에 맞추고, 또 어떤 경우에는 디자이너가 내 스타일에 맞춰 준다. 내가 그리는 책의 꼴이 명쾌할 때는 디자이너가 나에게 맞춰 줬으면 싶고, 내가 갈팡질팡하고 있을 때는 디자이너가 적극적으로 아이디어를 내 줬으면 싶다. 물론 매번 뜻대로 되진 않는다. 연차가 낮을 때는 디자인팀에 표지 발주서를 들고 가는 일 자체가 스트레스였다. 편집부 선배에게 디자이너와 소통할 때는 가능한 한 구체적으로 말해야 한다, 추상적으로 표현하면 안 된다고 배웠지만, 머리로는 이해해도 실전에선 잘 안 됐다. '깔끔하고 화사하면서도 심플한 표지' 같은 표현 말고 어떤 말로 내 머릿속 책의 꼴을 설명할 수 있을까.

표지 발주서에는 기본적으로 책 제목, 분량, 출간 예정일, 목차, 간단한 내용 소개가 담긴다. 여기에 다음의 다섯 가지를 신경 써서 챙기는 것을 권하고 싶다. 첫째, 원고에서 발췌해 둔 대목들. 원고를 모두 읽지 않아도 작가의 스타일을 알 수 있는 부분으로. 디자이너가 원고를 전부 읽는 경우도 있고 그러지 않는 경우도 있다. 개인적으로 다 읽고 작업해야 한다고 생각하진 않는다. 외려 책에 깊숙이 빠져들었을 때 아이디어의 범위가 한정될 위험이 있다고 생각하기 때문이다. 그러므로 원고 전체와 함께 교정교열 작업을 하며 따로 발췌해 놓은 원고 파일을 전하는 것이다. 인상적인 장면, 이 작품을 아우르는 분위기가 잘 드러난다고 판단하는 장면을 중심으로 정리한 파일이 좋겠다. 소설집의 경우 표제작과 한 작품 정도 더 골라 '이 두 편을 참고해 주면 좋겠다'고 코멘트를 적고 그 두 작품의 발췌문을 위주로 뽑는다. 둘째, 작품의 시공간 배경. 셋째, 표지 디자인의 키워드가 될 만한 것. 중요한 혹은 반복적으로 등장하는 사물이나 색감, 계절감 등. 넷째, 유사 도서 목록. 다섯째, 작가가 원하는 표지 콘셉트.

이 원고가 어떤 원고인지, 어떤 이미지로 포장하고 싶은지 설명하는 자료를 건네는 것이다. 그러나 자료가 많다고 해서 좋은 건 또 아닌 게, 언젠가 내 딴에는 머릿속에 떠오르는 느낌을 추상적인 표현으로 설명하는 것보다는 비슷한 느낌의 도서 이미지를 많이 제공하는 게 좋지 않나 싶어, 디자이너에게 내가 생각하는 유사한 이미지의 표지 자료를 열 장 남짓 보낸 적이 있다. 그러자 디자이너가 자료가 너무 많아서 도리어 어떤 콘셉트를 생각하고 있는지 모르겠다고 회신을 주었다. 정확한 설명과 분명한 표현, 이것이 말처럼 쉽다면 얼마나 좋을까.

작가와의 소통

본격적인 표지 작업에 들어가기 전 작가에게 표지에 대해 생각한 이미지가 있는지 묻는다. '출판사에서 알아서 해 주세요' 하는 경우도 있고 작가 본인의 취향과 해당 작품에 대한 의견을 정리해 아이디어를 제시하는 경우도 있다. 여백이 많이 드러나는 표지면 좋겠다, 일러스트보다는 사진을 활용했으면 좋겠다 혹은 인문서처럼 보이면 좋겠다는 얘기를 하는 작가도 있었다. 이 경우 작가가 품고 있는 '인문서스러움'이 어떤 느낌인지 구체적인 책으로 예를 들어 달라고 하는 것이 좋다. 우리가 각자 생각하는 '인문서스러움'이 다 다를 테니까. 그러고 나서 디자이너에게 전할 땐 작가의 말을 내 표현으로 바꾸지 않고 앞뒤에 따옴표로 묶어 그대로 전한다. 오해를 줄이기 위해서다.

배수아 작가의 소설집 『뱀과 물』은 표지에 대한 작가의 의견이 아주 분명한 책이었다. 배수아 작가는 '소설 수록 순서도 제목도 판형도 모두 다 편집자의 뜻에 따르겠다, 딱 한 가지, 표지에 쓰고 싶은 사진이 있고 꼭 그 사진을 쓰면 좋겠다'라고 처음부터 밝혔다. 표지에 관여를 많이 하는 작가는 제목이나 판형은 물론 수록 순서까지 본인이 생각한 바가 뚜렷한 경우가 많았다. 아니면 전적으로 편집자에게 맡기거나.

제목도 정하지 않은 상황에서 표지 이미지를 먼저 제안받고 좀 당황스러웠다. 그래, 작가가 이렇게 강력하게 원하는 이미지라면 어떻게든 잘 활용해 좋은 표지로 만들어 봐야겠다 하고 생각하였고. 그렇게 받은 이미지는 체코 사진작가 프란티셰크 드르티콜의 작품이었다. 흑백사진으로, 고개를 숙여 얼굴이 잘 보이지 않는 여성의 전신 누드가 뿌옇게 찍혀 있었다. 정면 전신 누드 사진이라니, 생각지도 못한 이미지에 당황스러움은 걱정스러움으로 바뀌었다. 사진작가가 1961년에 사망하였기 때문에 저작권은 풀린 작품이었고 배수아 작가가 소장하고 있던 사진집 속 작품을 드럼스캔 받아 표지 작업에 쓰기로 하였다. 판형은 오래전 문학동네에서 냈던 배수아 작가의 다른 작품과 맞추었다. 152×223밀리미터에 무선. 제목을 확정한 뒤 본격적인 표지 작업이 시작되었다. 파격적인 이미지를 그대로 노출하는 것에 부담을 느낀 나와 담당 디자이너가 표지에 사진을 배치하고 반투명한 커버를 덧씌우는 방식으로 시안을 만들었다. 금빛이 도는 트레이싱페이퍼 커버에 제목을 앉히고 본문에서 따온 몇 구절을 리드글처럼 흐르도록, 사진은 그 안쪽으로 언뜻언뜻 비치도록 배치했다. 가리면 좀 덜 충격적이지 않을까 했던 예상은 빗나갔다. 반투명 가림막을 하나 두르고 나니 커버를 벗기고 마주한 표지 사진이 훨씬 더 외설적으로 느껴졌다.

작가는 『뱀과 물』에 실린 단편을 쓰기 시작한 초반부에 이 사진을 발견했으며, 이후 이 사진을 의식하면서 글을 썼다고, 그러므로 이 사진은 이번 소설집의 일부라고 말했다. 그 말을 복기하며 이 사진을 가릴 것이 아니라 제대로 드러내야겠다고 디자이너와 다시 처음으로 돌아가 구상을 시작했다. 책 판형을 줄여 보기로 했다. 최근 문학동네 한국소설은 세 가지 정도의 판형으로 나온다. 145×210밀리미터에 무선, 133×200밀리미터에 무선, 120×188밀리미터에 양장. 무선보다는 고급스러운 각양장으로 바꾸어 이 표지 자체가 하나의 작품처럼 보이도록 하자고 뜻을 모아 120×188밀리미터로 판형을 바꾸었다. '뱀과 물'이라는 제목을 여성의 다리를 기준으로 좌우에 배치했다. '뱀과'는 왼쪽, '물'은 오른쪽. 그러자 '뱀과'가 마치 하나의 기이한 명사처럼 읽혔다. '뱀과 물'이라고 한 호흡에 읽히지 않았다는 뜻이다. 고민 끝에 최종 표지와 같이 '뱀과'와 '물' 사이에 선을 몇 개 그었다. 제목도 훨씬 더 눈에 잘 들어왔고, 세로로 긴 사진에 가로선 몇 개를 더하자 표지 사진에 앞서 제목이 먼저 읽히는 효과도 생겼다. 이미 표지에 쓸 이미지가 정해졌는데 이렇게 시안을 많이 만들어 본 것도 처음이었다. 결과물은 참 멋졌다. 누드 사진을 표지로 써도 될까, 심의에 걸리는 건 아닐까, 독자가 거부감을 느끼진 않을까 오만 생각이 다 들었는데, 내가 갖고 있던 기우와 편견이 작가의 강한 의지로 부서졌다. 어떤 예술 작품은 괜찮고 어떤 작품은 불편하다면 그 이유는 무엇일까. 여성의 누드를 소재 삼은 수많은 명화를 다들 아무 거부감 없이 받아들이지 않나. 『뱀과 물』의 표지 이미지가 사진이었고, 인물의 몸만이 정면을 향해 '선 채'

고개를 숙이고 있었으며, 그 표정이 밝은지 나른한지도 보이지 않았기 때문에 낯설었던 것이다. 익숙하지 않기 때문에 쓸 수 없다는 것이 이 사진을 표지로 쓰지 않거나 커버를 덧씌우거나 할 명분이 되는가? 결론은 '그렇지 않다'였다. 새로운 산을 하나 넘은 기분이었다. 매번 배운다.

다만 독자 반응이 궁금했다. 나처럼 수많은 고민을 하고 이 책 표지를 마주하는 것이 아닐 테니까. 온라인 서점에 책 정보가 등록된 뒤 알라딘 독자는 대부분 열광했고 예스24 독자는 대부분 경악했다. 전자에서는 별점 만점이 주를 이뤘고, 후자에서는 표지만 보고 별 하나도 아깝다는 혹평이 쏟아졌다. 이 책은 두 서점에서 모두 접속하면 바로 보이는 '오늘의 책' 자리를 떡하니 꿰차고 있었다. 문학 독자 비중이 높은 알라딘 이용자 가운데는 기본적으로 배수아 작가의 팬이 많았고, 작가의 선택을 지지했다. 예스24 독자는 대개 실용서와 어린이책을 구매하러 접속하였고 자신의 의지와 무관하게 마주한 표지에 불쾌감을 느꼈을 수도 있을 것 같다. 혹평을 찬찬히 읽어 보니 이 책의 목표 독자 혹은 예상 독자와 크게 상관이 없는 독자가 작성한 것이 대부분이었기에, 판매가 걱정되거나 하지는 않았다. 다만 이 극명한 차이가 내 머릿속에 인상적으로 새겨졌을 뿐.

이런 파격이 모든 작가에게 통하는 건 아니다. 배수아 작가는 '한국문학의 가장 낯선 존재'로서 작품 활동을 해 왔고, 그의 작품을 꾸준히 읽어 온 마니아층이 탄탄한 작가다. 그리고 그 마니아는 작가 배수아의 행보가 평범하고 예상 가능하리라 기대하지 않는다. 그러므로 가능했다. '그럼직한' 작가이기 때문에.

이승우 작가 역시 마니아층이 탄탄한 작가다. 소설집 『모르는 사람들』을 작업하며 이 작품집 역시 그간 이승우 작가의 작품을 따라 읽은 독자를 실망시키지 않겠구나 확신할 수 있었다. 작가와 만나 내보인 최종 표지 시안은 A안과 B안 두 종류였다. A안은 전체적으로 화사한 파스텔톤에 창밖으로 두 사람의 뒷모습이 보이는 표지였다. 펄지의 은은한 매력이 잘 드러나는 시안이었고 이 책을 작업하던 2017년 여름의 트렌드와 잘 어울렸다. 소프트하고 밝은 표지가 눈에 많이 띄던 때였다. B안은 수면에 무지개가 떨어져 파동을 일으키는 사진 작품이었다. 강렬하게 위에서 빛처럼 떨어져 내리는 무지개가 '인간은 추구하는 존재여야 한다'라는 이승우 작가가 가진 작품 세계의 기본 골자와 잘 어울렸다. A안은 이승우 작가를 잘 모르는, 그러나 예쁜 표지에 반응해 집어 들 확률이 있는 소설 독자까지 예상 독자로 품을 수 있지 않을까 하는 생각에서, B안은 기존의 이승우 작가 책과 나란히 두었을 때 아주 낯설지 않지만 지금까지의 표지 중에서는 색감이 분명하고 직관적인 축에 속하리라 하는 생각에서 골라 갔다.

　작가가 두 시안을 받아 든 뒤 A안을 보고 한 말은 "내 책 같지 않다"였다. 제목이 그러하듯 표지를 정할 때도 작가의 입장과 편집자의 입장은 조금 다르다. 표지 시안 가운데 편집자와 디자이너, 마케터의 의견이 모아지는 단 하나의 절대 표지가 있다고 해도 작가가 보기에는 그 표지가 예상했던 것보다 너무 화려하거나 심심하거나 복잡하거나 단순할 수 있다. 이 경우에는 설득의 여지가 있다. 하지만 작가가 '나답지 않다', '내 책 같지 않다'라고 할 때는 다르다. 문학서의 경우 기획서와 달리 시대와 화제에 맞추어 단번에 집중을 받고 곧 사그라들지 않는다(물론 모든 기획서가 그렇단 뜻은 아니다). 작가가 그간 써 온 작품을 접어 두고 생각할 수 없다. 그간 몇 권의 책을 냈음에도 인지도가 없거나 독자층이 형성되어 있지 않다면 모를까, 이승우 작가처럼 탄탄한 독자층을 가진 작가의 경우 기존의 작품집과 백팔십도 다른 안을 선택하는 것은 그 표지가 시장성이 더 좋다 해도 신중하게 고민해 봐야 한다. 마치 마라톤 선수의 페이스메이커처럼, 창작의 기나긴 여정에서 이때에는 이 편집자가, 그다음에는 다른 편집자가 끊임없이 달리는 작가의 곁에서 한 시기를 나란히 뛰며 그 작가의 이미지, 인지도, 작품 세계, 독자층 등을 만들어 가는 느낌이랄까. 내가 작업하는 이 소설집 한 권만 두고 생각하지 않는다는 뜻이다. 작가가 지금껏 써 온 것, 앞으로 써 갈 것, 그리고 그것을 읽어 왔고 읽어 갈 독자를 염두에 둔다면 A안처럼 친근하고 부드러운 느낌의 시안은 아무래도 어색하다. 예쁘다고 다는 아니다. 최종 선택은 B안.

표지를 정할 때 간과하기 쉬운 것

표지 구상이 끝나고 실제 작업에 들어가서도 디자이너마다 편집자마다 고집하는 게 있다. 어찌 보면 그것이 각자의 강점일 수도 있다. 성공의 경험이 쌓여서 확신이 되고 또 고집이 되는 경우가 많으니까. 예컨대 나는 제목 글자 서체가 장식적이지 않고 깔끔한 쪽을 선호한다. 손글씨보다는 명조 계열의 서체가 가장 안정감 있고, 눈에도 잘 띄고, 오래 봐도 질리지 않고, 유행 타지 않는다고 생각한다. 이런 서체가 표지에 사진을 쓰건 일러스트나 명화를 쓰건 잘 붙는다고도 생각한다. 내가 지금껏 '본 것-인상에 남은 것-기억해 둔 것-시도한 것-결과가 흡족했던 것'의 데이터베이스가 내린 결론이다. 물론 예외도 많다. 가령 김훈 작가의 『남한산성』은 짙은 분홍빛 표지 컬러에 냉이꽃 그림, 손글씨로 쓴 제목 글자까지 한 사람(김선두 화백)에게 받아 표지 그림과 제목 글자가 잘 어울리고 기품도 있다(이 역시 『칼의 노래』로 베스트셀러 작가가 된 뒤 처음 선보이는 김훈 작가의 장편이었다는 점에서 성공이 반은 보장된 작품이었고 그것에 의외성을 더한 표지였다고 볼 수도 있다. 이미 나온 책에 대한 평가는 결국 결과론적인 것이 되기 쉽다). 미감에는 확고한 기준이 있을 수 없고 결국 취향의 문제로 귀결되는 경우가 대부분이다. 게다가 시안 작업이 1차, 2차, 3차 반복되다 보면 120×188밀리미터, 145×210밀리미터 등등의 작은 직사각형에 갇혀 시야가 좁아지기만 한다.

　이럴 땐 서점에 간다. 표지 시안을 들고 책이 놓일 매대로 가는 것이다. 그러고 매대 전체를 눈에 담아 본다. 시안 한 장을 들고 볼 때와는 느낌이 완전히 다르다. 여러 시안을 올려 놓고 매대 전체를 사진 찍는다. 내 경우 그렇게 놓고 가장 자주 하는 생각은 내가 들고 온 시안이 이 매대에서 꽤 '차분하고 무거워 보인다'는 것이다. 사무실에서 시안만 늘어놓고 봤을 때는 느끼지 못했던 점이다. 차분하고 무거운 느낌이 꼭 나쁜 건 아니다. 그 느낌을 유지하되 사람들의 시선을 좀 더 끌고 싶다. 지루하고 진입장벽 높은 책이 아니라 묵직하고 깊은 여운을 남기는 책으로 보였으면 좋겠다. 다음 선수를 투입할 때다. 표지 시안과 함께 가방에 넣어 온 띠지 묶음. 디자이너가 작업해 준 띠지 말고 집에 따로 모아 둔 띠지 묶음이다. 다양한 컬러와 재질과 높이의 띠지를 한데 모아 두면 유용하다. 디자이너 역시 자신의 화면 속 표지 하나만 두고 그에 어울리는 띠지를 작업한 것인지라 다른 책 사이에서 이 책이 어떻게 보일지까지 고려하기는 어렵다. 매대에 누워 있는 시안에 다양한 띠지를 올려 보고 사진을 찍는다. 표지의 주목도를 높이는 띠지를 찾는 것이다. 곁에 누워 있는 동료이자 경쟁 관계의 책들은 어떤 후가공을 했는지, 어떤 종이를 썼는지도 두루 살핀다. 책의 다양한 요소와 물성이 표지에 생동감을 불어넣는다는 것을 알 수 있다.

　　회사로 돌아와 서점에서 찍어 온 사진을 두고 디자이너와 이야기를 나누면서 최종 시안 단계로 나아간다. 디자이너 역시 열댓 종 가운데 하나로 놓인 시안을 보면 내가 왜 뜬금없이 특정 컬러의 띠지를 요청하는지 이해가 갈 것이다. 왜 제목 글자를 더 키웠으면 좋겠다고 하는지도. 단순히 내 눈엔 그게 더 예뻐 보인다 같은 말로는 좁힐 수 없는 문제의 해답을 이 책이 궁극적으로 놓일 공간에서 찾아보는 것. 꼭 한번 해 보시라 권하고 싶다. 도저히 서점에 갈 짬이 나지 않는다면 집이나 사무실에서 유사 도서들을 매대처럼 늘어놓아 보는 것도 나쁘지 않다. 작가와 의견 조율이 잘 되지 않거나, 편집자인 나 스스로 표지에 확신이 없을 때도 유용하다.

배수아 작가의 『뱀과 물』 띠지 컬러는 로베르트 발저의 『산책자』 띠지 컬러와 같다. 마음속으로는 연보라나 연회색 계열의 컬러를 두르면 어떨까 했는데, 서점에서 표지 시안을 두고 다양한 띠지를 둘러 보던 중 제목과 띠지 문구가 가장 선명히 보이는 컬러를 발견했다. 그 띠지가 『산책자』의 띠지였다. 상상도 해 보지 않은 힘 있는 연둣빛. 디자이너에게 컬러와 띠지 문구의 서체를 이와 유사하게 해 달라고 요청하며 『산책자』 띠지를 건넸다. 마침 『산책자』를 배수아 작가가 번역하기도 해서 혼자 속으로 좀 신기해했더랬다.

장혜령 작가의 산문집 『사랑의 잔상들』의 띠지 컬러는 화사한 분홍이다. 멋진 흑백 사진을 표지에 썼고,

표지만 봤을 때는 더 고급하고 우아한 컬러의 띠지를 둘러도 좋았을 거라 본다. 그렇지만 매대에 놓고 보니 은은하고 톤다운된 컬러의 띠지를 두르면 책이 너무 묻혔다. 다른 책에 묻혀 영 보이질 않았다. 표지 느낌을 해치지 않는 선에서 가능한 한 명도가 높은 컬러로 고른 것이 지금의 분홍색이다. 일단은 눈에 보여야 산다. 제일 먼저 띠지를 버리는 독자도 많다. 그러나 그것으로 띠지의 역할은 충분하다. 띠지를 둘러 표지의 완성도를 높인다고 생각한다면 그 '완성도'란 무엇인가 한 번쯤 생각해 보자.

요소를 많이 줄이고 분명한 이미지 하나로 승부하거나 선과 도형, 타이포그래피를 적극 활용한 표지가 늘고 있다. 오프라인 서점 매대만큼 온라인 서점 데이터베이스 섬네일 크기로 보는 표지가 중요해진 것과 관련이 있으리라. 뿐만 아니라 각종 SNS에 올라오는 피사체로서의 표지도 무시할 수 없다. 즉 실제 책 크기보다 작은 사이즈로, 카페 테이블이나 침대에 놓인 사물로 보았을 때 직관적이고 인상적인 표지가 좋은 표지의 새로운 기준이 된 것이다. 명도와 채도가 높은 밝은 컬러가 주조를 이루는 표지에 하얀 제목 글자를 앉힌 표지는 실물로 보면 예쁘지만 사진을 찍어 보면 제목이 거의 읽히지 않는다. 복잡하고 정교한 이미지에 작은 제목 글자를 앉힌 표지는 실물로 보면 근사하지만 온라인 서점 데이터베이스 섬네일로 보면 실물의 카리스마가 느껴지지 않는다. 물론 이 모든 디테일을 따져 가며 표지를 만들 순 없다. 다만 선택의 순간이 왔을 때 '내 눈에 예뻐 보이는 것'을 고르는 것이 아니라, 이 책이 주로 놓일 곳, 이 책을 살 사람이 주로 찾을 곳, 이 책을 산 사람이 입소문 내 줄 곳이 어디인지를 한 번쯤 고려해 보자는 얘기다.

3

셋째 주

— 박연준 산문집 재교 완료, 표지 확정/
   사진 저작권자에게 허가 구함, 본문에 재수록
   시 목록 정리/ 해당 출판사에 재수록 허가 구함/
   표지 문안 작성
— 박시하 시집 신간 안내문 작성

6

오롯한 편집자 공간

한 권의 책이 나오기까지 밟는 다양한 과정 가운데 누구는 오자를 잡을 때 희열을 느낄 것이고, 누구는 갓 들어온 원고를 처음 일독하면서 이 일의 의미를 생각할 것이고, 누구는 신간 안내문을 작성하며 이 책과 이별할 때가 가장 기쁠 것이다. 곰곰 되짚어 보니 나는 표지 문안 쓸 때가 가장 즐겁다. 이 책을 만든 사람이 바로 나라는 것을 결정적으로 확인시켜 주는 작업이라고 생각하기 때문이다.

이 생각은 특히 국내문학 작품을 편집하면서 자주 하게 되었다. 기획서는 저자와 협업해 문장 톤을 조율하고 구성을 짜고, 필요하면 일러스트나 사진 같은 시각

자료를 넣는 등 편집자가 전 과정을 장악하고 한 권의 책을 끌어가는 경우가 많다. 반면 한국문학에서 편집자가 우선적으로 장악해야 할 것은 그 작가의 작품 세계이다. 이전의 작품과 어떤 점이 같고 다른지를 파악하고, 이 책이 작가의 문학 인생에 어떤 작품으로 남을지, 이 작가의 가장 빛나는 부분은 어디인지를 아는 것. 그렇다고 국내문학 작가가 본인의 '작품'에 손 하나 대지 못하게 한다거나 하는 건 아니다. 배치에 대해 의견을 나누고 제목과 표지에 대해 함께 고민하는 건 다른 분야의 책과 다르지 않다. 다만 앞서 말했듯 트렌드를 기민하게 좇아, 예를 들어, '문장형 제목에 파스텔톤 일러스트로 하면 되겠다'라고 할 수만은 없는 면이 있다는 것이다. 작가의 이력을 전반적으로 살펴, 그 작가다운 것은 잃지 않으면서도 더 나은 무언가를 보여 주기 위해 노력하는 게 국내문학 편집자의 몫이라는 이야기이다. 그러므로 표지 문안을 작성하기 위해 백지를 띄울 때 내 마음이 두근거릴 수밖에 없다. 그 백지가 오롯이 편집자의 몫, 편집자의 공간같이 느껴지니까.

백 퍼센트 편집자 공간

우리에게 주어진 공간은 다음과 같다. 앞표지와 뒤표지, 앞날개와 뒷날개, 앞띠지와 뒤띠지. 지금껏 책을 만들면서 관습적으로 이 공간을 채워 왔다면 이참에 여기에 무슨 내용을 왜 담아 왔는지 조목조목 살펴보면 좋겠다.

앞표지

기본적으로 제목과 저자 이름, 출판사 로고가 들어간다. 본문의 한두 문장을 디자인 요소로 넣는 경우도 있다. 이때는 내용도 좋고 길이도 적당한 문장을 골라야 할 것이다. 표지가 예쁘게 잘 나왔는데 어딘가 심심한 느낌이 든다면, 혹은 제목과 함께 두었을 때 그 의미를 또렷이 해 주는 문장이 있다면 디자이너와 상의해 문구를 넣어 봐도 좋겠다. 가령 문학동네에서 출간한 '김영하 컬렉션'을 살펴보면, 판형과 표지 디자인 포맷이 정해져 있다. 핵심이 되는 이미지와 컬러가 있고, 좌측 상단에는 '김영하 장편소설' 혹은 '김영하 소설'이라는 문구, 우측 상단에는 제목, 그 아래에는 본문의 한 문장이 적혀 있다. 『살인자의 기억법』에는 "무서운 건 악이 아니오. 시간이지. 아무도 그걸 이길 수가 없거든"이라고, 『나는 나를 파괴할 권리가 있다』에는 "왜 멀리 떠나가도 변하는 게 없을까. 인생이란"이라고 적혀 있다. 전자는 '기억법'과 '시간'이 연결되고, 후자는 제목과 더불어 작품 속 황폐한 인물들을 은근히 보여 준다. 나는 소설집『오직 두 사람』을 편집했는데, 너무 길어도 너무 짧아도 안 되는 한정된 공간에 들어맞는 문장을 고르는 일이 예상보다 쉽지 않았다. 내가 고른 문장은 "그 두 사람, 오직 두 사람만이 느꼈을 어떤 어둠에 대해서"이다. '오직 두 사람' 사이에 일어날 수 있는 다양한 사건과 감정 가운데 이 책이 겨냥한 핵심이 '어둠'이었기 때문이다. 흑백의 흐릿한 표지 이미지와도 어울린다고 생각했다. 이렇듯 표지의 분위기와 어울리면서 내용의 정보를 살짝 귀띔해 주는 정도의 리드글이 유용한 표지가 있다. 본문의 문장을 발췌하지 않고 편집자가 적당한 카피를 써도 무방하다. 다만 문학작품의 경우 작가가 쓴 문장만큼 그 작품을 잘 드러내는 것이 또 없기에 활용하지 않을 이유가 없다.

앞날개

작가 사진과 프로필이 들어간다. 저자에게 사진을 여러 장 받아 이 책의 분위기와 어울리는 사진을 골라 넣는다. 마땅한 게 없는 경우 새로 촬영하거나, 다른 매체에서 촬영한 사진을 구입해 쓴다. 이때 촬영에 드는 비용이나 구매 비용은 출판사에서 댄다. 매체 사진 가운데는 『채널예스』 인터뷰 사진이 좋은 게 많아 그곳에서 종종 구매한다. 프로필에는 생애, 등단 연도와 그 지면, 작품 목록, 수상 내역, 그 외 번역 출간 현황이나 소속 등 특기할 만한 내용까지 다양하게 들어간다.

　독자는 프로필 내용을 통해 작가에 대한 정보를 얻는다. 작가의 궤적을 한눈에 알아볼 수 있는 공간이다. 그렇지만 작가마다 프로필에 밝혀 쓰고자 하는 내용과 범위가 다르므로 꼭 상의해야 한다. 어떤 작가는 대학과 전공을 빼고 싶어 하고, 어떤 작가는 태어난 연도와 고향을 빼고 싶어 하고, 어떤 작가는 작가 사진을 빼고 싶어 한다. 많은 경우 독자는 작품 내용을 읽기 전에 앞날개를 보게 될 텐데, 거기서 접하는 정보가 작품을 읽고 즐기는 데 필수적이지 않다고 생각하는 작가도 있다. 작가는 작품으로만 말한다고 여기는 작가도 있다. 황정은 작가의 작품을 좋아해서 신간이 나올 때마다 바로 구매해 읽는데, 책을 손에 쥐고 가장 먼저 하는 일이 앞날개를 확인하는 것이다. 황정은 작가의 프로필은 책을 낼 때마다 조금씩 짧아지더니, 『디디의 우산』에서는 이름

세 글자만 남았다. 작가의 의지와 가치관이 드러난다.

작가 사진과 프로필 아래 남는 공간도 그냥 비워 두기엔 아깝다. 책 표지는 책의 내용을 충실히 반영하는 공간이자 책 홍보에 가장 좋은 공간이라는 점을 잊지 않길 바란다. 독자가 앞날개를 통해 작가의 얼굴과 삶을 파악한 뒤 자연스레 관심을 이어 갈 문장을 그 남는 공간에 배치해 보는 건 어떨까. 「작가의 말」에서 한 구절 발췌해 넣을 수 있을 것이다. 본문 중 좋은 대목을 뽑아 올 수도 있겠다. 여기서 '좋은'이란 아름다운 문장을 말하는 것이 아니다. 표지와 제목을 본 독자가 책을 집어 들고 앞날개를 펼쳐 작가 사진과 프로필을 읽은 다음 만나는 문장으로서, 그 흐름상 어울리는 문장을 말한다. 서가에서 최은영 작가의 두 번째 소설집 『내게 무해한 사람』을 꺼내 왔다. 화사한 노란색 표지가 마음을 따뜻하게 한다. '내게 무해한 사람'이라는 제목을 지나 앞날개를 펼쳐 본다. 쑥스러운 듯 시선을 아래로 내린 채 환하게 웃는 작가 사진을 지나 나이와 고향, 전공과 등단 지면, 첫 책이 많은 독자에게 사랑받은 『쇼코의 미소』라는 정보와 각종 수상 내역을 알 수 있다. 그 아래 「작가의 말」 일부가 발췌돼 있다. "누군가를 사랑하고, 그리워하고, 누군가로 인해 슬퍼하게 되는 인간의 어쩔 수 없는 마음이 내 곁에 함께 누워 주었다. 그 마음을 바라보며 왔다. 내 의지와 무관한 일이라는 것을 알지만, 살아 있는 한 끝까지 글을 쓰는 사람으로 살아가고 싶다. 이 것이 내가 사람을, 그리고 나의 삶을 사랑하는 몇 안 되는 방식이라는 것을 이제는 안다." 이 작가가 어떤 책을 쓰고 어떤 상을 받은 사람인지에서 끝나는 것과는 다르게 보이지 않는가? 다치기 쉬운 관계를 들여다보며 삶을 보듬는 작가라는 인상이 아직 읽지 않은 작품의 호감도를 높인다. 독자로 하여금 '한번 읽어 볼까?'라는 마음을 먹게 하는 것, 이 앞날개 문구는 그 일에 한발 더 가까워지게 했을 것이다.

뒷날개

뒷날개 역시 좋은 광고 공간이다. 뭐든 넣을 수 있다. 대개는 해당 책을 구매한 독자가 관심을 가질 만한 자사의 다른 도서를 소개하는 데 쓰인다. 꼭 같은 분야의 책일 필요는 없다. 그 작가의 책을 지속적으로 내고 있는 출판사라면, 'ㅇㅇㅇ에서 펴낸 ◇◇◇의 책' 같은 타이틀을 걸고 작가의 다른 책을 소개하는 데 쓰기도 한다. 번역서의 경우 해외 서평이나 언론이 보인 관심을 정리해 넣기도 하고, '이 책에 쏟아진 찬사'와 같은 내용을 쓰기도 한다. 작가가 특별한 삶을 산 경우, 그것이 작품 세계를 드러내는 데 효과적인 정보라면 앞날개에 이어 뒷날개까지 작가에 대한 설명으로 채우기도 한다. 이따금 편집자의 책 소개가 이 공간에 쓰이기도 한다.

뒤표지와 띠지

뒤표지와 띠지에 대해서는 할 얘기가 많다. 지면을 할애해 세세히 적어 보고자 한다. 편집자에 따라 확연히 달라질 공간. 여기서 승부를 본다.

① 무엇을 담고 무엇을 뺄 것인가

뒤표지에는 추천사나 본문의 핵심 대목(이 부분을 '바디'라고 하자)이 자리 잡는다. '헤드카피+서브카피+바디' 혹은 '헤드카피+바디' 혹은 '바디' 이런 방식이다. 추천사에는 언론평과 수상 이력도 포함된다. 추천사가 없는 경우 독자의 궁금증을 유발할 만한 내용으로 본문 일부를 발췌해 넣거나, 평론가가 쓴 해설 가운데 이 작품 혹은 작가의 특징과 장점을 가장 명확히 보여 주는 대목을 발췌해 넣을 수도 있다. 스토리나 설정이 독특한 작품인 경우 편집자가 그 부분을 정리해 넣기도 한다 ('~하기 시작하는데……' 유의 책 설명을 떠올려 보자). 뒤

표지에 들어가는 내용은 추상적이거나 화려한 수사보다는 간명하고 직관적인 것일수록 좋다. 많다고 좋은 것도 아니다. 독자가 책을 들어 뒤표지를 뒤집어 봤을 때 마주한 첫 인상이 빡빡한 텍스트라면 읽기도 전에 피곤해질 수 있다. 텍스트가 많다 하더라도 어떤 대목의 서체를 달리하고 컬러와 크기를 달리하느냐에 따라 인상 또한 달라지므로, 다른 책의 뒤표지를 많이 찾아보고 디자이너와 논의해 변주해 보기를 권하고 싶다.

띠지에는 내용을 잘 드러내기보다 독자의 눈을 끄는 것이 주목적인 짧은 카피를 놓는다. 가령 내가 편집한 책 가운데 띠지 문구로 이런 것이 있다.

앞띠지:　제51회 아쿠타가와상 수상작
　　　　 "세계 최고의 소설이 아니다.
　　　　 그러나 내 인생의 소설이다."
　　　　 ─신형철(문학 평론가)

뒤띠지:　139쇄 발행, 189만 7700부 판매
　　　　 일본 현대소설의 고전

이 문구만 봐서는 어떤 내용의 책인지 조금도 알 수 없다. 그렇지만 '도대체 무슨 책인데?'라는 마음은 들 것이(라 믿는)다. 그런 생각으로 독자가 다가와 이 책을 집어 들고 앞날개와 뒤표지, 본문의 몇 쪽을 살펴 준다면 띠지의 몫은 다 한 것이다. 참고로 이 책은 시바타 쇼의 장편소설 『그래도 우리의 나날』로, 1950년대 일본 전후 학생운동 세대의 치열한 고민을 담고 있다. 뒤띠지에 이 내용을 추가할 수도 있을 것이다. '일본 현대소설의 고전'이라는 카피 윗줄쯤에. 그러면 좀 더 친절한 카피가 되었을지 모르지만 판매는 덜 되었을 것이다. 보편적으로 관심을 끌 만한 소재는 아니니까.

띠지 카피에 작품의 특징을 담는 것 말고 작가의 특징을 담는 방법도 있다. 배수아 작가의 소설집 『뱀과 물』과 이승우 작가의 소설집 『모르는 사람들』을 만들면서는 작품보다 작가의 아우라를 더 잘 드러내고자 했다. 마니아층이 탄탄한 작가이고, 자기만의 작품 세계를 오랜 세월 보여 준 작가이기에 유효한 방법이었다. 배수아 작가의 경우 어느 누구와도 다른 몽환적이며 강렬한 작품 세계를 이어 온 것을 살리고자 "한국문학의 가장 낯선 존재"라는 수식어로 카피를 썼고, 이승우 작가의 경우 이토록 꾸준히 소설 청탁을 받고, 성실히 쓰고, 지지

받는 중견작가가 과연 몇 사람이나 있나 생각하며, "'쓴다'는 동사의 힘을 믿는 사람. '매일 쓴다'는 것으로 인생의 의무를 이행하는 사람. 그것이 작가이고, 이승우가 그렇다"라고 썼다. 요컨대 작가의 컬러가 독특하고 강렬하다면 그 작품만의 특징을 드러내는 것 말고 작가의 이미지를 더 부각하는 방법도 있다는 말이다.

② 카피에 느낌표를 쓰지 않는 이유

표지 문안에 느낌표를 쓰지 않는 편이다. 물론 14년째 편집자로 살면서 카피에 느낌표를 한 번도 안 찍은 건 아니다. 한 오륙 년은 된 것 같은데, 나도 모르는 새 쓰지 않게 되었다. 스스로 느낌표를 쓰지 않는단 걸 깨달은 뒤로는 의식적으로 쓰지 않고 있다. 간간이 카피 끝에 조심스레 느낌표를 찍어 보지만, 역시 지우고 만다.

이렇게까지 거슬러 올라갈 일인가 싶지만 그래도 가 본다면, 느낌표는 1400년대 이탈리아의 시인 알폴레이오 다 우르비살리아가 고안한 문장부호로 알려져 있다. 그는 보다 생동감 있게, 큰 소리로 글을 읽을 수 있도록 점 위에 선을 하나 그어 표시하였으며 자신이 만든 문장부호를 '감탄의 점'이라고 불렀다고 한다. 넷플릭스 오리지널 다큐멘터리 『익스플레인』 제11화에서 느낌표가 어떻게 사용되고 변화해 왔는지를 다룬 내용을 보고 알았다. 19세기 중반엔 느낌표가 활발히 사용되어, 허먼 멜빌의 『모비딕』에는 느낌표가 1683개 사용되었다. 한 세기가 지나 헤밍웨이와 스콧 피츠제럴드가 활동하던 시절에는 느낌표를 빈번하게 쓰는 것이 덜 문학적이고 덜 세련된 것으로 느껴졌으며, 『노인과 바다』에는 느낌표가 단 한 번 나온다고 한다. 피츠제럴드는 "느낌표는 자기가 한 농담을 스스로 비웃는 것이나 마찬가지야"라고 말했다고 한다.

요컨대 나는 헤밍웨이와 피츠제럴드의 시대에 공감한다. 이 책이 얼마나 좋은 책인지 알리고 싶은 편집자의 염원이 응축돼 담기는 것이 카피일 텐데, 느낌표를 찍는 순간 '이 책이 좋은 책이란 걸 당신이 알아봐 줘야 해'라고 종용하는 느낌이랄까, 강요하는 느낌이랄까. 느낌표라는 문장부호가 애초에 '감탄이나 놀람, 부름, 명령 등 강한 느낌을 나타낼 때 쓰이는 마침표'인지라, '초대형 베스트셀러!', '현지 언론이 극찬한 책!', '전미도서상 수상!', '100만부 판매!'와 같이 완성된 문장이 아닌 곳에 붙는 것 자체가 어색하기도 하다.

앞서 여러 번 언급했지만, 편집자가 하는 일은 대개 검증이 불가능하다. 정답이 없다. 예를 들어 『그래도 우리의 나날』에 신형철 평론가가 아닌 다른 이의 추천사를 넣거나, 추천사 없이 본문의 한 대목을 발췌해 넣거나, 내가 직접 쓴 간단한 책 소개를 넣었을 때 이 책이 독자에게 어떻게 다가갈지 비교해 볼 수 없다. 띠지 카피에 느낌표를 넣었다면(139쇄 발행, 189만 7700부 판매! 일본 현대소설의 고전!) 책이 더 많이 팔렸을지 알 수 없다. 그러므로 취향이 반영된 결정과 그 결정의 반복이 잦을 수밖에 없는 일이기도 하다. 느낌표를 안 찍는 일만 해도 단순히 내가 그간 작업한 책이 느낌표가 없는 카피가 어울리는, 다소 무게감이 느껴지는 책이었기 때문일지도 모른다. 그러므로 필요한 건 표지 문안을 쓸 때마다 카피에 느낌표를 넣어 보는 것, 성급히 단정 짓지 않고, 돌다리 두드리듯 한번쯤 느낌표를 넣어 보는 것이다. 무심히 입력한 느낌표가 착 붙어 분리되어선 안 될 것 같은 카피, 그런 카피가 어울리는 책을 언젠가 만났을 때 모르고 지나치지 않도록. 그러므로 이 글을 읽는 여러분 가운데 습관적으로 느낌표를 찍어 온 사람이 있다면 한번 빼 보기를, 특별히 의식하지 않고 느낌표를 쓰지 않는 사람이 있다면 한번 써 보기를 권하고 싶다. 느낌표 하나를 찍고 말고가 과연 큰 차이가 있을까? 그다지 쓸모없는 고민일까? 디테일의 차이가 생각보다 클까? 관습적으로 반복해 오던 데서 벗어나 보자. 편집자로서 판단하고 확신을 키워 가고 또 그것을 의심해 보자.

③ 한 방이 담긴 한 대목, 어떻게 찾을 수 있나

느낌표 사용에 모종의 겸연쩍음을 느끼는 나 같은 편집자에게 뒤표지에 들어갈 추천사 혹은 언론평 혹은 본문의 한 대목은 그래서 중요하다. 그 자리에 놓이는 글에 힘이 있어야 느낌표 없는 카피로 시선이 이동했을 때 그 카피에 담고자 했던 무게감이 오롯이 전달될 터이므로. 원고를 처음 일독했을 때 밑줄 그은 부분을 신뢰한다. 초교 재교 삼교 이상을 보며 곳곳에 숨어 빛나는 문장을 더 발견하게 되지만 원고에 대한 어떠한 정보도 없이 읽었을 때 편집자를 뒤흔든 대목이 있다면, 책의 내용을 전혀 모르는 독자가 봤을 때도 마음이 흔들릴 확률이 높다고 생각한다. 교정 단계마다 눈에 띄는 문장을 꼭 표시해 두고 '초교 발췌', '재교 발췌', '삼교 발췌'와 같은 형식으로 파일을 따로 만들어 놓는 것이 좋다. 비교해 보면 많은 경우, '초교 발췌'는 내용과 큰 상관 없이 좋은 부분이 많을 것이고 그 이후로 갈수록 내용과 깊이 관련된 통찰이 빛나는 부분이 많을 것이다. 전자를 표지 문안에 활용해 보자. 그렇다면 후자는? 우리에겐 신간 안내문이라는 또 다른 산이 있다. 그 산을 넘을 때 유용한 자원이 될 것이다.

덜어 낼수록 선명해지는 표지 문안의 인상

다양한 시도를 거친 표지 문안이 정리되었다면 표지 디자이너에게 전달해 표지 대지를 출력한다. 문서 파일로 띄워 놓았을 때와 출력해 보았을 때가 또 다르다. 책 모양으로 대지를 접어 이 책을 처음 집어 들 독자를 떠올려 본다. 표지를 요모조모 살펴보며 어딘가 이상한데, 어딘가 부족한데 싶다면 표지 문안에서 '더할 것'이 있는 게 아니라 '뺄 것'이 있다는 얘기다. 편집자인 우리는 이 책에 대한 애정도 크고 할 말도 많다. 보여 주고 싶은 멋진 대목이 많아 뭐 하나 빠뜨리면 안 된다고도 생각한다. 발췌한 대목 가운데 가장 좋은 것을 고르느라 고민도 많이 했을 거다. 그 마음 잘 안다. 그렇지만 일단 숨을 고르고 점검해 보자.

— 표지에 쓰인 텍스트가 너무 많지는 않은지.
— 텍스트 디자인(서체, 크기, 색상)이 단조롭지는 않은지.

— 제목 → 앞띠지 카피 → 뒤표지 헤드(+서브) 카피 → 뒤
  표지 바디 → 뒤띠지 카피가 '제목'을 중심으로 유기적
  으로 연결되어 있는지.

덜어 내면 덜어 낼수록 표지 문안의 인상이 선명해
진다는 걸 알 수 있을 것이다. 뭘 덜어 내야 할지 모르겠
다 싶으면 '제목'과 유기적으로 연결되는가 아닌가로 판
단한다. 예로 들었던 『뱀과 물』을 다시 한 번 살펴보자.

앞띠지에는 앞서 언급한 대로 작가 배수아를 표현
하는 카피 하나를 넣었다. "한국문학의 가장 낯선 존재,
배수아 신작 소설". 그 위에는 작은 글씨로 본문의 딱 한
문장을 발췌해 넣었다. "이 비밀스러운 결속이 나는 기
쁘다." 이 책에는 주옥같은 대목이 참 많았고 그것을 정
리해 둔 파일의 양도 꽤 많았다. 내가 고른 문장은 소설
에서 결정적인 역할을 하지도 않는다. 그냥 스쳐 지나갈
수도 있을 문장이다. 그렇지만 이 문장을 읽는 순간, 배
수아 작가의 오랜 독자로 살아온 내 마음을 대변한 문장
이란 생각이 들었고, 마니아 독자가 분명한 배수아 작가
의 책이므로 중요하고도 중요한 앞띠지에 자리할 수 있
다는 확신이 들었다(이 작품이 오늘의작가상을 수상한
이후엔 그 소식이 앞띠지에 추가되었다). 뒤표지는 단

순하게 마무리했다. 헤드카피나 서브카피 없이 표제작의 한 대목을 발췌해 넣었다. 파격적인 표지를 감행하기로 한 이상 그 부분을 더욱더 강조하여 가능한 한 적은 양의 텍스트로, 책의 '분위기'로 압도하는 책이면 좋겠다고 바랐다. '많은 말이 필요 없는 작가'라고 강조하고 싶었다. 뒤띠지에는 해설 원고에서 두 문장을 뽑아 넣었다. 그러므로 이 책의 표지 문안 가운데 편집자인 내가 쓴 카피는 딱 하나밖에 없는 셈이다. 표지 문안인데 어떻게든 카피를 만들어 넣어야 하지 않을까? 그러지 않아도 된다. 카피를 모두 걷어 내 보니 그걸로 충분하다는 확신이 든다면. 본문에서 고른 문장 역시 편집자의 선택이라는 점을 잊지 말자. 문학작품은 그 작가의 문장만으로 충분한 경우가 많다는 점을 잊지 말고, 그것을 잘 고르고 배열하는 데 더 집중해 보기를 권하고 싶다.

자, 이제 박연준 시인의 산문집 표지 문안을 써야 한다. 『소란』이나 『밤은 길고, 괴롭습니다』 같은 이전 산문집에 비해 경쾌하다는 것이 특징일 텐데 이 부분을 잘 드러내고 싶다. 서문을 받고 가장 먼저 밑줄 그었던 문장을 표지 어딘가에 새겨 둘 것 같다. "이제 겨우 말할 수 있다. 나는 나를 좋아한다. 이걸 깨닫는 데 사십 년이나 걸리다니!" 바로 이 대목.

〔 7 〕

좋은 책을 넘어 특별한 책으로

보도자료 혹은 신간 안내문이라 불리는 것. 말 그대로 이 책에서 보도할 만한 내용이 무엇인지 정리한 글이자, 어떤 책인지 소개하는 안내문의 성격을 가진 글이다. 언론사용 보도자료와 서점용 신간 안내문을 구분해 쓰는 경우도 많지만 여기서는 신간 안내문이라고 통합해 말하려 한다. 신간 안내문의 글감은 저자나 역자 소개, 책의 내용과 특징, 주목할 만한 추천 글 등이다. 경제경영서를 만들던 1~2년 차에는 신간 안내문 작성이 정말 어려웠다. 팀장님 '컨펌'이 나지를 않아 서너 번 수정하는 것은 기본이었다. '내 문장이 그렇게 이상한가요?' 묻고 싶던 나날이었다. 이제 와 돌이켜 보면 문제는 문장력이

아니라 글의 목적을 제대로 파악하지 못했던 데 있다. 한마디로 정리하자면 '이 책이 어떤 책이며, 왜 지금 나왔으며, 누구에게 필요한 책인가'가 핵심이었던 것이다. 경제경영서는 특히나 경제 흐름, 고용인과 피고용인의 관심사에 예민하게 반응하는 분야라 신간 안내문에 이 책이 다른 때가 아닌 왜 지금 독자에게 필요한가를 담는 게 중요하다. 신간 안내문을 받을 담당 기자, 책 구매를 고민하는 예비 독자를 설득할 수 있어야 하는데 당시 나는 그 지점에서 헤맸던 것이다. 열심히 관련 분야의 책도 읽고 기사도 따라 읽었지만 거시적인 흐름을 읽어 내기에는 지식도 정보도 턱없이 부족했고, 내가 만든 책이라고는 하지만 그 책 안에만 시야가 머물러 있을 뿐 그 너머에 있을 시장과 소비자(독자)까지 고려할 여유가 없었다. 책 내용을 잘 정리한 글에서 그칠 뿐, 이 책이 '지금 당신에게 필요한 바로 그 책'이라는 인상을 줄 수 없는 신간 안내문이란 전혀 매력적이지 않은 글이다.

문학서의 신간 안내문

문학서를 만들면서 신간 안내문 작성이 전보다 수월해졌다. 이 작가가 어떤 작품을 써 왔는지, 이 작품이 작가의 작품 세계에서 어떤 의미를 갖는지, 전작과 무엇이 같고 다른지를 바탕으로 쓰다 보니 한국문학 데이터베이스가 상대적으로 오랫동안 쌓였던 것이 크게 도움이 되었다. 물론 동시대와 동세대가 고민하고 있는 삶의 여러 지점을 작가 역시 치열하게 고민하여 작품으로 써내기 때문에, 현재 활동 중인 작가의 작품을 안내하는 글에는 작품에서 화두로 삼고 있는 것과 현실의 연결점을 짚어 내는 것이 중요하다. 거기서 작품의 의미와 읽어 봄 직하다는 효용성이 발생할 것이다.

문학서의 신간 안내문은 다음과 같은 얼개로 쓴다.

① 책의 기본 정보를 담는다
이승우 작가의 『모르는 사람들』 신간 안내문 헤드카피와 첫머리는 이렇다.

"그러니까 세상을 견딘다는 것은 나를 견딘다는 뜻이기도 했다"
소설로 인생에 복무하는 작가 이승우, 그의 열 번째 소설집

'쓴다'는 동사의 힘을 믿는 사람. '매일 쓴다'는 것으로 인생의 의무를 이행하는 사람. 그것이 작가이고, 이승우 작가가 그렇다. 스물셋에 등단해 올해로 36년, '소설가로 산다는 것'을 흔들림 없는 작품들로 몸소 보여 주는 사람. 그의 열 번째 소설집을 묶는다. (……) 일종의 무력함과 '자율적이지 않음' 속에서 작가가 그려 낸 작품 속 '모르는 사람들'의 이야기 여덟 편이 이 책에 담겨 있다. 내적 갈등과 자기비판을 통해 집요하게 변주되는 이승우 작가 특유의 문장은, 인물들을 한 걸음 한 걸음 신중하게 내딛게 한다. 그 나아감을 통해 '모르는 사람들'이 알아 가는 것은 무엇인가. 그들이 마주한 사실 혹은 비밀은 진실인가. 재구성된 기억과 진술 속에 과연 진실이란 존재하는가.

이원하 시인의 『제주에서 혼자 살고 술은 약해요』 신간 안내문 헤드카피와 첫머리는 이렇다.

"나에게 바짝 다가오세요 나의 정체는 끝이 없어요"
이런 재능은 어떻게 갑자기 나타났을까.
— 신형철(문학 평론가)

혜성처럼 등장한 독보적 재능, 독특한 이력의 시인
이원하 첫 시집

2018년 한국일보 신춘문예로 등단한 이원하 시인의
첫 시집을 펴낸다. 당시 "거두절미하고 읽게 만드는 직
진성의 시였다. 노래처럼 흐를 줄 아는 시였다. 특유의
리듬감으로 춤을 추게도 하는 시였다. 도통 눈치란 걸
볼 줄 모르는 천진 속의 시였다. 근육질의 단문으로, 할
말은 다 하고 보는 시였다. 무엇보다 '내'가 있는 시였
다. 시라는 고정관념을 발로 차는 시였다. 시라는 그 어
떤 강박 속에 도통 웅크려 본 적이 없는 시였다. 어쨌거
나 읽는 이들을 환히 웃게 하는 시였다"는 평가와 함께
심사위원 만장일치로 당선되었다. 그의 시는 '제주에
서 혼자 살고 술은 약해요'라는 독특한 감각의 제목을
달고 있었고, 당선 직후 문단과 평단, 출판 관계자와 새
로운 시를 기다린 독자들의 입에 제법 오르내리며 화
제가 되었다. 국어국문이나 문예창작과를 나오지 않
았고, 미용고를 졸업해 미용실 스태프로 일하고, 영화
『아가씨』에 뒷모습이 살짝 등장하는 보조 연기자로 살
아온 이력도 한몫했다. 이십 대 중반, 늦다면 늦은 때에
문학을 만나 시를 쓰기 위해 제주도로 내려가 산 것과

신춘문예에서 익숙하게 보아 오던 형식을 완전히 벗어난 개성 역시. 그로부터 2년이 지났다. 이제 총 54편의 시를 아우르는 첫 시집의 제목으로 독자들을 새로이 마주한다, 『제주에서 혼자 살고 술은 약해요』.

이승우 작가는 열 번째 소설집을 묶는 중견작가이고, 이원하 시인은 이제 첫 시집을 묶는 작가. 이렇듯 중견작가의 경우 지금까지의 작품 세계, 지향하는 바에 중점을 둔다. 수상 내역이나 판매 부수, 탄탄한 팬층 같은 성과나 새로운 흐름을 만들어 온 작가라거나 꾸준하고 성실히 수십 년간 흔들림 없이 써 온 작가라는 특징도 넓은 의미의 작품 세계에 포함될 것이다. 그 지점을 부각한다. 신인작가의 경우 이 작가의 작품이 주목받아 마땅하다는 인상을 심어 주어야 한다. 등단 당시 심사평이나 이후 문예지 등에서 오간 평론가의 감상과 비평 등을 찾아 정리한다. 이 작가의 존재조차 몰랐던 독자(그리고 기자)에게 '평론가' 혹은 '중견작가'의 권위에 기댄 감상을 선보이는 것이다. 이원하 시인처럼 등단 전 이력이나 배경이 독특한 경우 그 또한 작가에 대한 호기심을 불러일으키는 데 도움이 된다. 요컨대 중견작가의 노련미와 성숙, 신인작가의 신선함과 실험정신, 그 포인트에 맞는 자료를 찾아 첫 문단에 단단히 박아 둔다.

② 책의 내용을 간단히 소개하고 해석의 실마리를 제공한다

본격적인 책 소개 방식은 다양하다. 소설집의 경우 각 편을 짤막한 줄거리+발췌문의 형식으로 정리해 깔끔하게 작성할 수도 있고, 소설집 전체를 관통하는 콘셉트나 소재, 메시지 등이 있다면 그것을 하나의 줄기 삼아 가지를 치듯이 소개할 수도 있다. 예로 든 『모르는 사람들』 신간 안내문 첫머리의 "'모르는 사람들'이 알아 가는 것은 무엇인가"를 하나의 물음으로 두고 각 편을 설명해 나갈 수 있을 것이다. 소설집의 수록 순서와 무관하게, 내세우고 싶은 두어 편을 우선 소개한다. 캐릭터가 독특하거나 스토리가 강렬한 작품, 요컨대 소개했을 때 혹할 만한 작품으로. 역시 본문의 인상적인 구절, 핵심이 잘 드러난 구절을 덧붙여 작가의 문장과 개성을 직접적으로 보여 준다.

장편소설의 경우 작품의 설정 혹은 기승전결의 '기~승 초반' 정도까지 보여 준다고 생각하면 좋다. '이런 인물이 있다. 이런 시공간에. 그리고 이런 일을 겪게 되는데……' 하는 식의 책 소개를 장편소설 뒤표지에서 종종 만났을 것이다. 신간 안내문에도 줄거리는 그 정도만 적고, 결국 이런 줄거리를 통해 작가가 하고자 하는 말이 무엇인지, 문제의식이 어디서 시작되었는지, 작품이 읽는 이의 마음을 어떤 방식으로 뒤흔드는지 등을 추가한다. '줄거리를 전부 말해 줄 순 없고 간단히 말하면 이런 내용인데, 뒷이야기까지 다 읽고 나면 이런 종류의 감흥을 얻을 것이다, 왜냐하면 이 작가가 이런 작품 세계를 갖고 있고, 이런 지점에 관심을 촉발하고자 하니까'의 흐름이라 할 수 있겠다.

시집도 크게 다르지 않다. 이전 시집과 유사한 지점은 어디이며 이번 시집의 다른 매력은 무엇인지를 밝히고, 그 매력을 잘 보여 주는 시 두어 편을 예시로 든다. 고르기 어렵다면 시집의 첫 번째 시, 표제시, 마지막 시에 주목해 본다. 시의 위치는 시인이 대개 정하고 편집자의 의견이 더해져 약간의 수정을 거치는데, 첫 시와 마지막 시의 위치는 거의 바꾸지 않는다. 그만큼 시인이 그 위치에 그 시를 두는 의미가 있다는 뜻이다. 시집의 신간 안내문 작성이 어렵다면 시집을 열고 닫는 시를 통해 시집을 소개하는 방법을 권하고 싶다. 신간 안내문은 보도의 목적으로도 쓰지만 독자가 책을 구매하기 전 참고하는 자료의 역할도 한다. 특히 시집은 언론에서 다뤄지는 일이 적은 편이고, 시집 편집자인 나는 점점 더 이 책에 관심을 가질 독자를 떠올리며 안내문을 쓰고 있다. 정보를 주는 글보다 마음을 움직이는 글, 내가 먼저 반복해 읽어 보니 이 점이 너무나 좋더이다 하는 뉘앙스를 담은 글이랄까.

박시하 시인의 시집 『무언가 주고받은 느낌입니다』 신간 안내문도 그러한 마음으로 쓰고 있다. 이번 시집에는 위에서 아래로 하강하는 이미지가 곳곳에 산재해 있다. 비가 내리고 폭설이 쏟아지는 것부터, 부서지고 쇠락하고 가라앉고 산산조각 나는 것은 필연적으로 무언가, 누군가 혹은 어딘가가 스러지고 사라지고 지워지며 어둠에 덮이는 것으로 이어진다. 시인이 이러한 시 세계를 구축하기 위해 "한 단어 쓸 때마다/ 손가락 한 마디씩 부서지는// 오랜 형벌"(「그을린 방」)을 불사하며 존재의 그림자를 향해 다가간 이유는 무엇일까에 대해 쓰고자 한다. 결국 시인은 그 그림자 안에 있을 빛과 만나고자 한다는 점을 드러내고 싶다. 폐허를 바라보는 허무의 시선에 그치지 않고, 침묵과 부재의 허허로움에 지지 않고, 모든 하강의 이미지를 끌어안은 채 가닿을 빛은 어디에 있을까 하고 말이다.

어떻게 하면 잘 쓸 수 있을까

그렇다면 신간 안내문은 어떻게 하면 좀 더 잘 쓸 수 있을까. 평소에 꾸준히 신경 쓰면 좋은 것과 실제 신간 안내문 작성 시 참고하면 좋은 것으로 나누어 보자.

① 문예지 읽기

문학 편집자로서 습관처럼 하면 좋을 독서 가운데 하나가 문예지를 읽는 것이다. 『문학동네』, 『창작과비평』, 『문학과사회』 같은 계간지와 『현대문학』, 『릿터』, 『악스트』, 『문학3』, 『미스테리아』 등 월간지나 격월간지, 무크지 등등을 꾸준히 따라 읽다 보면 내가 가진 작가나 평론가 데이터베이스가 자연스레 넓어지고, 문학과 출판의 트렌드, 이슈와 담론에 밝아진다. 신인작가의 좋은 작품을 발견할 수 있는 곳도 문예지이다. 또한 작품이나 책을 설명할 때 쓰이는 용어, 표현은 물론 글의 구조를 짜는 법 등 분석적으로 읽기에 좋은 텍스트가 많다. 동료 편집자들과 일종의 독서 모임을 만들어 나누어 읽어도 좋겠다. 잡지는 많고 시간은 한정적이니까. 각자 맡아 읽은 문예지 가운데 꼭 나누고 싶은 글이 있으면 공유하여 함께 읽고 이야기를 나누는 것이다.

② 일간지 서평 읽기

일간지 북섹션의 서평은 책과 사회가 어떻게 만날 수 있는지 보여 준다. 이 책이 지금 왜 유효한가를 잘 담은 글이고, 일간지마다 공통적으로 다룬 책은 특히나 주목해 읽어 볼 필요가 있다. 하루에 수십 권씩 책을 받는 문화부 기자 눈에 공통적으로 들어온 책이라면 이유가 있을 것이다. 그 책이 주목받은 이유가 뭔지, 일간지마다 그 지점을 어떤 방식으로 다루었는지 비교해 읽어 보자. 도입부를 어떻게 시작하고 결론을 어떻게 맺는지도. 더불어 서평 기사의 헤드카피를 눈여겨보는 것도 권하고 싶다. 짤막한 헤드카피에 어떻게 하면 주목도가 생기는지, 독자의 흥미를 유발하는 좋은 카피는 어떤 카피인지 아이디어를 얻을 수 있다.

③ 다른 편집자가 쓴 신간 안내문 읽기

온라인 서점에 자주 들어가 유사한 도서를 만든 편집자의 신간 안내문, 일 잘하는 선배가 쓴 신간 안내문, 만듦새가 좋은 책의 신간 안내문을 읽는다. 다른 편집자가 쓴 신간 안내문을 읽고 그 책을 장바구니에 넣었다면 어느 지점에서 마음이 혹했는지 생각해 보자.

④ 목표 독자가 좋아하는 다른 매체를 참고하기

경제경영서를 만들 당시, 신간 안내문의 헤드카피를 못 쓰고 쩔쩔매는 나에게 사수였던 선배가 팁을 전수해 주었다. 목표 독자가 좋아하는 다른 매체의 광고 문구를 눈여겨보라는 것이었다. 선배는 자동차 광고의 카피를 자주 찾아본다고 했다. 파워풀한 언어로 비전을 제시하는 문구. 그렇다, 자동차 광고 카피와 경제경영서 광고 카피는 닮은 데가 있었다. 타깃층이 유사한 것이다.

문학서도 마찬가지다. 이 책을 좋아할 만한 사람은 무엇을 좋아할까 상상해 본다. 문학적인 색채가 짙은 영화나 음악 앨범 소개를 비롯한 각종 문화예술 상품과 콘텐츠의 카피와 소개 문구를 습관적으로 찾아보면 카피 쓰기에 도움도 받을 수 있고 새로운 영감도 얻을 수 있다.

⑤ 해설과 「작가의 말」 참고하기

실제 신간 안내문을 쓸 때 든든한 지원군이 되는 것이 바로 해설과 「작가의 말」이다. 해설 가운데 그 작품 혹은 작가의 총론이라 할 법한 대목을 잘 발췌해 두면 신간 안내문 마무리에 사용하기 좋다. 글 전체에 무게감을 실어 줄 것이다. 「작가의 말」은 해당 작품을 탈고하고 일정 기간이 지난 후, 편집의 마무리 단계에서 쓰이는 경우가 많다. 자신의 작품을 한발 떨어져 다시 살펴본 심경, 현재 중요하게 생각하는 화두 같은 것이 담긴 글이자, 독자에게 직접적으로 작가 자신의 목소리를 전하는 글이다. 요컨대「작가의 말」을 일부 발췌해 넣으면 이 작품에 작가의 목소리가 더해져 독자가 좀 더 감정적으로 작품을 바라보게 되고, 마음이 흔들릴 확률도 높아진다는 뜻이다.

4

넷째 주

— 박연준 산문집 송고/ 동네 서점용 서명본 작업/ 굿즈 작업

— 주민현 시집 송고

— 이원하 시집 『제주에서 혼자 살고 술은 약해요』 표지 의뢰

— 정지돈 웹진 연재용 산문 입고

{ 8 }

SNS 시대의 책과 편집자

박시하 시인의 시집이 출간되었다. 주민현 시인의 시집과 박연준 시인의 산문집도 곧 출간될 것이다. 한 호흡 고르고 다음 단계를 준비한다. 신간 안내문과 함께 온라인 서점에 보내고 SNS 계정에 올릴 카드뉴스를 마케터, 디자이너와 상의해 만든다. 이것은 회사 차원의 일. 나는 나대로 내 개인 SNS에 올릴 내용을 구상한다. 나는 주로 인스타그램을 활용한다. 몇 해 전까지는 트위터도 열심히 했는데, 책 이미지를 요모조모 보여 주고 140자로 다 담을 수 없는 이야기를 하기에 적합한 매체라고 생각해 인스타그램으로 옮겨 갔다. 2019년 초부터는 유튜브 채널도 만들어 꾸리고 있다. 내가 만든 책의 편집 과정을 비하인드 스토리 풀듯 담거나, 그 달 그 달 읽을 만한 신간 소개, 문학동네시인선이나 『주간 문학동네』 소개, 작가, 번역가, 마케터, 서점 엠디MD와의 인터뷰 등을 담아 왔다. 요컨대 책과 책을 둘러싼 사람에 대해서.

인스타그램이나 유튜브 채널은 나에게 취향 공동체가 모이는 공간과 같다. 잔잔한 수면에 작은 돌 하나 퐁 떨어뜨리는 것일지 몰라도 그 파문의 동심원들이 조금씩 커지고 넓어지는 것을 지켜보는 일 같다고 할까. 무엇보다 광고비 한 푼 들이지 않고 내가 만든 책을 내가 홍보할 수 있다는 점이 나에게는 무척 중요하다. 참신한 기획, 좋은 원고, 탄탄한 만듦새와 꼼꼼한 편집까지 뭐 하나 빠질 것 없는 책, 세상에 참 많다. 그러나 책의 운명은 잘 만들어졌느냐 아니냐만으로 정해지는 것이 아닌바, 책이 나왔다는 것을 독자가 '인지'하느냐, 독자가 그 책을 '발견'할 가능성이 있느냐가 결정적이다. 국내에서만 일 년에 수만 권의 신간이 출간된다. 아무리 근사한 책이라도 독자가 존재조차 모르는 경우가 부지기수이며 이럴 때 편집자가 하기 쉬운 선택은 다음과 같다. 마케팅을 아쉬워하고, 회사의 규모와 그에 따른 홍보비 책정을 아쉬워하고, 독자의 눈이 어둡다고 아쉬워하고, 출판 시장이 영세하다고 아쉬워하는 것. 그러나 아쉬움과 원망으로 달라지는 건 아무것도 없다는 사실 또한 여러분도 나도 알고 있다.

내가 만든 책이 누구에게도 발견되지 못한 채 묻혀버리는 경험을 나 역시 적지 않게 했다. '내가 연차가 얼마 안 됐으니까 회사에서 중요한 책을 맡기지 않은 것이고, 그러니 마케팅팀에서도 신경 써 주지 않은 거겠지, 그렇지만 이 책이 저 책보다 못한 게 뭐야? 콘텐츠 밀도가 빠져, 문장이 별로야? 왜 아무도 이 책에 관심을 안 갖는 거야! 광고는 바라지도 않아. 내가 만든 책이 서점 매대에 앞표지 진열되는 것 좀 보고 싶다……' 자책도 하고 원망도 했던 날들이 내 편집자 디앤에이 구석구석에 기록돼 있다. 더불어 내가 만든 책이 처음으로 신문 북 섹션에 대문짝만하게 실린 일, 서점 매대 눈에 잘 띄는 곳에 편안히 누워 있던 일, 분야 베스트셀러에 들었던 일, 중쇄를 찍은 일 등등 누군가 내가 만든 책을 알아봐 주는 데서 오는 기쁨, 팔리고 있다는 데서 느끼는 뿌듯함도 기록돼 있다. 그 시간이 내게 남긴 건 결국 책은 발견되어야 한다는 점, 그러기 위해서 내가 할 수 있는 일이 무엇인지 고민하고 실행해 보고 싶다는 마음이었다. 그래서 오늘도 나는 '인스타그래머블'한 책 사진을 찍고, 책 내용을 다 보여 주지 않으면서도 궁금하게 만들려면 어떤 피드를 올려야 하나 궁리한다.

책을 알리는 방식의 변화

2000년대까지만 해도 책과 독자를 직접 연결하는 마케팅 채널로 블로그와 네이버 카페가 활용되었다. 출판사가 나서서 서평단을 꾸리거나 파워블로거에게 홍보용 책을 발송하는 등의 방식을 썼다. 출판사에 대한 호감도와 충성도가 높을수록 유리하고, 더불어 서평단을 오십 명 꾸릴 수 있는 회사보다는 백 명 꾸릴 수 있는 회사, 그러니까 많은 인원을 모으고 그들에게 책을 발송하고 후에 리뷰를 체크할 수 있는 인력과 자본이 있는 회사일수록 유리한 방식이었다.

그러나 상기하였듯 SNS 시대로 커뮤니케이션 패러다임이 변하면서 책의 맥락을 가장 잘 아는 개인, 편집자나 마케터 등 출판 과정에 직접 참여한 이가 앞장서서 직접 책을 소개할 수 있도록 소통 방식이 효율적으로 구조화되었다. 더불어 특정 분야에서 영향력을 가진 독자의 활동 또한 활발해졌다. 그들은 콘텐츠 소비자인 동시에 생산자로서 책에 대해 능동적으로 말하고 받아들이는 '입'이 되었다. 앞서 언급한 파워블로거에 비해 이 시대 파워 인스타그래머와 트위터리안, 나아가 유튜버의 강점은 발견되기 쉽다는 것이다. 태그 한 번 누르면 인기순으로 자동 정렬되는 시대에 '좋아요'와 '구독하기'의 숫자는 그들의 영향력을 대변한다.

단순히 독자와 출판사 간의 소통 방식만 변한 것이 아니다. 독자와 작가의 관계도 달라졌다. 많은 작가가 개인 SNS 채널을 통해 집필 상황, 출간 소식, 행사나 강연 소식을 알리는 데 적극적이다. 소소한 일상을 공유하고 관심사나 특정 화제에 대한 견해도 나눈다. 독자와 댓글로 직접 소통하고 응원하는 마음에 고마움으로 답한다. 요즘의 독자는 자신이 좋아하는 작가를 '실질적으로' 돕고자 행동한다. 트위터에 '봇' 계정을 만들어 작가의 최근 소식과 작품 발췌문 등을 꾸준히 올리며 불특정 다수에게 작가의 글이 꾸준히 노출되도록 한다. 개인적으로 굿즈를 만들어 이벤트를 열기도 한다. 연예인 팬덤 문화와 유사하다. 정세랑 작가의 경우가 대표적일 텐데, 정세랑 작가의 애독자 가운데에는 작가의 신작이 나오면 여러 권을 구매해 친구들에게 선물하는 이가 많다. '작가님 인셋길만 걸으세요', '웰컴 투 정세랑 월드'라는 독자 피드백을 여러 매체에서 발견할 수 있다. '작가 덕질 아카이빙 잡지'를 표방하는 독립출판물 『글리프』도 창간호에서 정세랑 작가를 다루었다. '정세랑 덕후 모의고사', '정세랑 작가 아카이빙 연표'가 리워드로 제공되는 텀블벅 펀딩은 목표금액의 337퍼센트를 달성하며 성공적으로 마감되었다. 지금은 내가 좋아하는 작가에 대한 피드백이 적극적이고, 홍보가 창의적이고 발 빠르며, 좋아하는 마음을 적극적인 행동으로 옮기는 데 거리낌이 없는 시대이다.

강한 충성과 약한 호감

편집자는 더 이상 책과 작가 뒤에 그림자처럼 숨은 존재가 아니다. 개인 콘텐츠의 파급력이 극대화된 SNS 시대의 편집자는 자기가 만든 책을 직접 홍보할 수 있다. 오늘날 거의 모든 콘텐츠의 소비가 모바일에서 일어나며, 완결되는 곳은 포털이 아닌 SNS다. 정보를 '검색'으로 얻던 시대에서 '소통'으로 얻는 시대로 이동한 것이다. 뚜렷한 취향과 견고한 자기다움으로 소통하는 '개인'에게 신뢰가 이동한 것이기도 하다. 『신뢰 이동』의 저자 레이첼 보츠먼이 "서로 모르는 사람끼리 신뢰하는 것이 공유경제의 핵심"이라 말했듯, 특정 분야의 안목이 있다면 권위에 기대지 않고도 능동적으로 드러내고 공유하고 영향력을 가질 수 있다. 내가 만든 책이 곧 나의 이력이고, 그 책에 대해 나보다 잘 아는 사람이 없다는 것. 그것이 편집자의 전문성이다. SNS 시대는 편집자의 전문성을 반긴다. '#책추천, #북스타그램, #출판편집자, #내가만든책, #편집자의일'과 같은 해시태그와 함께.

이런 상황에서 편집자 개인이 SNS 파워유저, 인플루언서가 될 수 있다면 그보다 더 좋을 순 없으리라. 그러나 SNS를 하는 것과 인플루언서가 되는 것은 다르다. 뛰어난 편집자라고 해도, 그가 만든 책이 모두 훌륭하다 해도 구독자 수가 성과에 비례하진 않는다. 구독자 수는 물론 중요하지만 그 숫자가 전부는 아니다. 수년간 SNS 계정을 사적인 공간인 듯 홍보의 수단인 듯 활용해 오면서 느낀 점은 사람들이 누르는 '좋아요'(혹은 '하트'나 '마음'으로 불리는 것)에는 '강한 충성'과 '약한 호감'이 있다는 것이다('충성'이란 단어엔 어폐가 있을 수 있으나 '호감'과 대비를 이루고자 선택했다). 사람들이 습관적으로 누르는 '좋아요'가 있다. 일회적 이미지나 정보만을 소비하기 위해 누르는 '좋아요'가 있다. 계정주의 콘텐츠를 관심 있게 들여다보고 누르는 '좋아요'가 있다. 그 사람이 궁금하고 그 사람의 취향과 가치관이 궁금해서 귀 기울이고 누르는 '좋아요'가 있다. 앞의 두 경우가 '약한 호감'이라면 뒤의 두 경우가 '강한 충성'이라 할 수 있다. 요컨대 같은 '좋아요'라고 해도 의미가 다를 수 있다는 말이다. 내가 가진 안목으로 누군가에게 책과 관련된 콘텐츠를 재구성해 주고, 내가 만든 책과 내가 하는 일에 대해 알려 나가는 목적으로 SNS를 운영한다면, '약한 호감'보다는 '강한 충성'으로 모인 취향의 공동체를 조금씩 키우고 꾸려 가겠다 생각해 봄 직하다.

많은 독자가 자신에게 지금 필요한 책을 '추천'의 형식으로 전문가가 대신 골라 주길 바란다. 새로 나온 좋은 책을 알고 싶어 한다. 시대 흐름이나 이슈에 걸맞은 책을 알고 싶어 한다. 몇 번의 경험으로 이 사람은 신뢰할 만하다 하면, 내적 친밀감과 유대감을 느끼며 그의 공간에 오래 머무른다. 피드백을 적극적으로 한다. 그러므로 SNS를 활용하는 편집자는 자신이 늘 붐비지만 사람들이 사진만 잔뜩 찍어 가고 정작 구매는 하지 않는 상점이 아니라, 차별화된 콘텐츠로 오래 머물러 찬찬히 구경하고 싶은 상점을 웹상에 만든다고 보면 좋겠다. 편집자로서 내가 만든 책, 내가 취향을 만들고 다져 가는 데 도움이 된 여러 콘텐츠를 정리하는 공간으로서도 의미 있는, 특별한 자산이 되리라는 것은 덤이다.

{9}

내 머릿속 클라우드

정지돈 작가가 쓴 웹진 『주간 문학동네』 연재용 산문 원고가 일부 입고되었다. 정지돈 작가에게 산문집 제안을 하면서 생각한 건 '21세기 버전의 「소설가 구보씨의 일일」, 소설가 정지돈의 도시(서울) 산책 에세이'였다. 오래전 읽은 박태원의 단편 「소설가 구보씨의 일일」은 여러모로 인상적인 작품이었다. 내용보다는 문장의 리듬감과 구보 씨가 걷는 경성의 풍경이 만나 빚어내는 세련되고 지적인 분위기가 내게 오래 남아 있었다. 그와 무관하게 지난 몇 해 정지돈 작가의 여러 글을 따라 읽었다. 특히 산문이나 인터뷰 속 정지돈 작가를 마주할 때마다 묘한 기시감을 느꼈다. 내가 인상적으로 본 누군가와 닮았다는 느낌이랄까. 산책하듯 글을 쓰고 실제로 산책하는 것을 좋아하는 사람, 도시를 걸으며 마주하는 역사와 건축과 미술을 다각도로 사유하고 그것을 발전시키는 사람. 정지돈 작가와 '구보 씨'를 연결하는 건 오래 걸리지 않았다.

클라우드를 털어라

편집자의 머릿속엔 클라우드가 들어 있다. 회사 생활을 하면서는 물론, 일과 무관하게 보내는 일상 속에서 마주하는 여러 아이템 가운데 어떤 것은 일상의 범주에서 처리되지 않고 클라우드에 자리 잡는다. 정지돈 작가의 에세이를 예로 든다면, 내 클라우드에 다음과 같은 아이템이 채워져 있었다.

폴더 A.
① 정지돈 작가의 글이 좋다.
② 그는 과거와 현재, 픽션과 논픽션을 넘나들고 미술과 건축, 역사를 소재로 지적이면서도 위트 있는 글을 쓴다.
③ 여러 인터뷰와 SNS 피드로 알 수 있는바, 그는

산책자다.

④ 산책을 하며 그는 어떤 생각을 할까?

폴더 B.

① 나는 산책이 좋다.

② 산책을 할 때만큼 생각이 많아지는 때가 없다.

③ 한 발 한 발 내디디며 내 몸이 움직이는 것과 함께 생각이 이어지고 확장되는 것 같은 느낌. 이 느낌이 좋아 많은 예술가가 산책을 즐겼던 게 아닐까.

④ 그들이 산책을 하며 무엇을 보고 어떤 생각을 했을지 궁금하다.

폴더 C.

① 「소설가 구보씨의 일일」이 인상적이었던 것은 그가 자연이 아닌 도시를 걸었기 때문이다.

② 고요한 산책이 가져다주는 목가적인 사유도 좋지만, 도시를 걸을 때 동반되는 일종의 산만함이 불러일으키는 심상, 그것이 현실 밀착적으로 생활인 혹은 생활의 틈새를 엿보게 할 테니까.

③ 21세기의 도시 산책자는 무엇을 보고 어떤 생각을 할까.

독립적으로 존재하던 A, B, C 세 개의 폴더가 연결돼 하나의 기획이 나왔다. 편집자이자 독자로서 지금 관심 갖는 작가(A), 내가 개인적으로 관심 갖는 것(B), 내가 독자로 지금껏 읽어 온 것(C)의 연결. 이렇듯 클라우드에는 편집자의 오랜 습관이나 취향부터, 일을 하며 특별히 집중하는 부분과 거기서 얻는 통찰이 담기게 마련이다. 그것이 기획의 씨앗이 된다. 그렇다면 클라우드에 쓸 만한 아이템을 채워 넣으려면, 아이템의 범위를 가능한 한 넓히려면 어떻게 해야 할까.

어디서 기획 아이디어를 얻나

첫 번째로 할 일은 나만의 데이터베이스를 쌓는 것이다. 내 관심사+다른 사람의 관심사로 분야를 넓히고 많이 읽고, 많이 듣고, 많이 찾아가는 것이다.

① 읽기
편집자가 관심사를 넓히는 데 가장 편안하고 익숙한 방식이다. 2~3년 차 때까지는 가능한 한 많은 분야의 책과 잡지, 일간지를 읽는 편이 좋다. 웹이건 인쇄물이건 가

능한 한 다양한 글을 가능한 한 많이.『뉴닉』이나『어피티』,『디독』 같은 뉴스레터도 되도록 많이 신청한다. 문화부 기자의 기사를 구독하고 북섹션 서평은 인쇄물로도 확인한다. 국내외 베스트셀러에 오른 책의 서지정보를 하나하나 확인한다. 에이전시에서 보내 주는 외서 소식지도 꼼꼼히 읽는다.

닥치는 대로 읽다 보면 양질의 콘텐츠가 눈에 보인다. 그즈음 정기적으로 읽을 잡지와 웹진, 뉴스레터를 각각 두세 종으로 정리한다. 트렌드에 발 빠르게 대응하는 것 하나, 교양 잡지 하나, 책 관련 잡지 하나 이렇게 세 종으로 제안하고 싶다. 확인함 직한 일간지 북섹션은 『경향신문』,『한겨레』,『한국일보』,『조선일보』,『중앙일보』,『동아일보』,『매일경제』,『한국경제』,『서울신문』 등 열 종 안팎일 것이다. 문학 편집자라면 앞서 언급한 『문학동네』,『창작과비평』,『문학과사회』,『자음과모음』,『릿터』,『악스트』,『미스테리아』 정도의 문예지가 더해지고, 여기에 『웹진 문장』,『비유』,『문학3』,『주간 문학동네』 같은 문학 웹진까지 챙기면 좋겠다.

SNS에서 내가 만드는 책의 목표 독자가 요즘 무슨 책을 읽고 있는지, 어디에 관심 있는지 살피는 것과 내가 주목하고 있는 저자가 SNS에 어떤 피드를 올리는지 살피는 것 또한 읽기의 일환이다.

이렇게 쓰고 보니 정말 많다. 어느 책 제목처럼 '읽을 것은 이토록 쌓여 가고' 이 안에 답이 있으리.

② 듣기

각종 팟캐스트와 유튜브 영상 등 들을 것도 넘쳐난다. 유튜브 영상은 기본적으로 시각 매체이지만 도서 기획과 관련될 콘텐츠는 듣는 것에 가까울 것이므로 듣기에 넣어도 무방하리라. 『책읽아웃』, 『교보문고 낭만서점』, 『책, 이게 뭐라고?!』 등 서점이나 출판사에서 만든 채널뿐 아니라 『듣똑라』나 『영혼의 노숙자』, 『서늘한 마음썰』처럼 트렌드를 읽기 좋은, 혹은 책을 좋아할 만한/좋아하는 사람이 좋아하는 프로그램, 최근엔 점차 늘어 가는 북튜버의 영상도 챙겨서 들으면 좋을 것이다.

듣기에는 다른 사람의 이야기를 듣는 것도 포함된다. 소위 오피니언 리더라 불리는 사람, '셀럽'이라 불리며 트렌드 키워드를 쥐고 있는 사람, 내가 관심 갖는 저자의 인터뷰를 찾아보며 그들이 어떤 메시지를 어떤 표현으로 전하는지 직접적인 그 '말'을 듣는다. 그리고 내 주위 (예비) 독자의 말도 듣는다. 책을 좋아하는 사람과의 대화만 아니라, 꼭 책 이야기가 아니라도 요새 어떤 고민이 있고 무엇에 열광하는지, 내가 만들 책의 (예비) 독자와 소통하며 배우는 것이 많다. 직업과 관심사가 나와 다른 친구와의 모임, 취미나 관심사가 맞아 알게 된 사람, 책 이야기를 하는 커뮤니티 등 이야기를 나눌 만한 자리를 부러 만들거나 찾아 들을 것!

③ 찾아가기

1순위는 물론 서점이다. 대형 서점에서 베스트셀러의 실물을 확인하고, 매대와 이벤트 구성, 독자의 동선과 시선과 표정을 눈으로 직접 살핀다. 온라인 서점에서 섬네일 크기로 본 책과 실물 책의 느낌이 얼마나 다른지, 매대에서 어떤 책이 눈에 잘 띄고 어떤 카피가 마음에 확 꽂히는지 다른 책과 비교해 본다. 동네 서점에서는 큐레이션을 본다. 그 서점에서 어디에 주안점을 두어 서가를 꾸몄는지, 몰랐던 책을 발견했다면 그 책이 어디에 어떤 방식으로 놓여 있어 눈에 띄었던 건지 살핀다. 서점만큼 책이 발견되어야 하는 매체라는 것을 생생하게 느낄 수 있는 공간이 없다. 책등만 보인 채 빽빽이 꽂힌 서가의 책들, 앞표지를 보인 채 누워 있으나 옆에 누운 다른 책의 카리스마에 눌려 존재감이 희미한 책들이 있다. 한편으로 내가 만들고 싶었던 책이 이미 나와 있는 것을 발견하기도 하고 심지어 그 책이 내가 구상하던 것보다 더 잘 만들어져 새로이 배우기도 한다.

요컨대 많이 보고 듣고 찾아가면서 새로운 자극을 꾸준히 받는 가운데 유의미한 데이터베이스가 내 클라우드에 쌓인다. 유의할 것은 다음과 같다.

① 내 취향만 고집하지 않는다

이 일련의 과정은 '독자'로서가 아니라 '편집자'로서 수행하는 것이다. 내 취향과 맞는 저자나 이슈, 콘셉트를 만나면 반가울 것이다. 그것은 그 나름대로 내 취향을 공고히 하는 데 유용하게 쓰면 된다. 문제는 내 취향과 맞지 않는 저자나 이슈를 스쳐 지나가는 것이다. 특히 그 저자나 이슈가 많은 사람의 관심을 받고 소비가 될 때 더 조심해야 한다. '도대체 이런 책이 왜 베스트셀러에 있는 거야?'라든가, '난 이 사람 정말 비호감이던데 왜들 좋아하는 건지, 원'과 같은 태도는 의식적으로 지양해야 한다. 도대체 왜 잘 팔리는지, 왜 사랑받는지 알아보고 연구해 보고 따져 보는 것, 평가하기보다 궁금해하는 것, 고집보다 유연함을 발휘하는 것이 기획자가 가져야 할 자질이다. 물론 처음부터 잘되진 않는다. 나를 포함해 대부분의 편집자는 오랫동안 자신의 취향을 만들어 온 '헤비 리더'이고, 깊이 좋아하는 것이 있는 만큼 점수를 후하게 주기 어려운 책이나 저자도 있게 마련이니까. 그러니 의식적으로, 배운다는 생각으로 많이 읽고 듣고 찾아가자.

② 규칙적으로 한다

이토록 많은 콘텐츠를 언제 어떻게 다 읽고 내 것으로 하나 싶다. 경험상 일상 속 자투리 시간을 활용해 규칙적으로 해 나가는 것이 좋았다. 해치울 과제가 아니라 꾸준히 복용하면 좋은 영양제처럼 생각하자. 혼자 하기 어렵다면 몇 명 모아 함께 해 보는 것도 좋다. 일반적인 형식의 독서 모임도 좋을 것이고, 문예지를 하나 정해 함께 읽거나 여러 종류의 문예지를 나누어 읽고 함께 읽으면 좋을 꼭지만 추려서 공유한다거나 하는 방법으로 최근 문학 출판 동향에 대해 의견을 나누고 기억해 둘 콘텐츠를 쌓아 가는 형식도 좋을 것이다. 함께 서점 탐방을 다닐 수도 있다. 정리하자면 이런 식으로 말이다.

— 출퇴근 시간: 팟캐스트 하나씩 듣기
— 업무에 본격적으로 돌입하기 전에: 뉴스레터 한두 개 읽기

- 점심시간: 일주일에 두 번 정도 '혼밥'하는 거 괜찮지 않나. 천천히 밥 먹으며 잡지(문예지) 읽기
- 요일 하나 정해 에이전시 소식지 읽기
- 오후에 잠이 온다 싶으면: 주목하고 있는 저자를 검색해 관련 기사나 인터뷰 읽기(업무의 일환이니 눈치 볼 필요도 없고 좋다)
- 퇴근 후 산책 겸 집 앞 카페에서 책 읽기, 문예지 읽기 모임 준비
- 집안일 하며 팟캐스트나 유튜브 영상 듣기
- 주말에는 궁금했던 동네 서점 두어 곳 묶어서 가 보기, 독서 모임(문예지 읽기 모임) 참석하기, 북섹션 읽기

이 항목들 전부를 실생활에 적용하는 건 무리일 수 있으나, 자투리 시간에 응용하여 참고해 볼 수 있을 것이다.

③ 꼭 정리한다

수많은 콘텐츠를 보고 들은 것 자체로 만족하기엔 들인 시간과 노력이 아깝다. 일주일에 하루 정도 저녁 시간에 짬을 내 꼭 정리해 두자. 편하게 오래 할 수 있는 방식으

로. 인상적이었던 콘텐츠, 이슈, 키워드, 눈에 띈 카피, 인상 깊었던 책 등을 일목요연하게 정리한다. 궁금해진 사람도 있을 것이다. 책을 얼마나 낸 사람인지, 판매지수는 어느 정도 되는지, 아직 책을 낸 적이 없다면 그 사람의 어떤 메시지가 나를 자극했는지, 어떤 키워드로 설명할 수 있는 사람인지, 유사한 저자로는 누가 있는지 적어 본다. 저자가 아니라 북디자이너나 함께 작업해 보고 싶은 일러스트레이터, 사진작가, SNS 인플루언서 등의 리스트도 늘어 갈 것이다. 어떤 종류의 작업을 하는지, 어떤 책과 어울릴 것 같은지 내가 받은 인상을 가능한 한 책과 연결해 기록해 둔다. 이렇게 하다 보면 클라우드 용량도 늘고 필요한 아이템을 그때그때 연결시키는 데 점차 익숙해지고 능숙해질 것이다.

어느 날엔 이런 체계나 기록과 무관하게 영감처럼 불쑥 신선한 아이디어가 떠오르기도 할 것이다. 그때까지의 준비 작업이 문득 찾아온 직관을 믿고 따라가 봐도 좋다는 자신감을 실어 줄 것이다.

책이 될 만하다는 걸 어떻게 알 수 있나

클라우드 기록물을 꼼꼼히 살펴보다 보니 눈에 띄는 아이템이 있다. 아마 콘셉트이거나 사람일 것이다. '이런 책을 내 보면 어떨까?' 혹은 '이 사람의 책을 내 보면 어떨까?' 하는. 가령 '아이를 위한 페미니즘 교육서를 내 보면 어떨까?'라고 하자. 그 책이 필요하다고 생각했다면, 좀 더 구체적으로 짚어 보자. 부모에게 읽힐 책인가, 부모가 아이에게 읽어 줄 책인가에 따라 완전히 다른 책이 될 것이다. 그 책을 초등학교 교사가 쓰느냐, 아동심리 전문가가 쓰느냐, 뇌과학자가 쓰느냐, 동화작가가 쓰느냐에 따라서도 완전히 다른 책이 될 것이다. 책의 만듦새뿐 아니라 판매 규모의 차이도 있을 것이다.

기획 단계에서 편집자는 아이템 하나를 쥐고 분야, 저자군, 예상 독자, 시장을 다방면으로 분석한다. 어떤 책은 머릿속으로 굴렸을 땐 그럴듯해 보였으나 ☞그 책을 쓰기에 적합한 저자가 없거나 ☞읽을 사람이 적거나 ☞시장에서 유사 도서의 판매가 예상보다 안 되었던 것으로 판명 나 일찌감치 버려진다. ☞잘 쓸 만한 저자가 있고 그 저자가 섭외 가능하며 ☞예상한 기간 내에 집필이 가능한 책, ☞독자에게 유익하며 ☞가능한 한 많은 독자의 관심이 가닿을 만한 책, ☞그러면서도 내가 속한 출판사의 색깔에서 크게 벗어나지 않는 책이라는 다섯 가지 울타리를 크게 쳐 둔 뒤, 그 안에서 '누가/ 왜 지금/ 다른 책이 아닌 바로 이 책을 읽을까'에 대해 답을 적어 나간다. 그 답이 가장 객관적이고 분명한 기획이 좋은 기획, 책이 될 만한 기획이라 할 수 있다.

그렇게 그려진 책꼴을 바탕으로 출간기획안을 작성한다. 개요, 저자 소개, 콘셉트, 예상 목차, 예상 독자, 유사 도서 순서로 작성한다. 막히는 부분이 있으면 전체 기획을 다시 살펴야 한다. 가령 유사 도서는 비슷한 콘셉트를 갖고 먼저 시장에 나온 책 가운데 '반응이 좋았던' 책을 적어야 한다. 시장이 어느 정도 형성돼 있는지 회사와 저자를 설득하는 데 필요하다. 반응이 좋았던 책이 없어도 문제이고, 유사 도서를 찾을 수 없어도 문제다. 그간 시장에 왜 이런 책이 나오지 않았는지, 나왔지만 왜 소비되지 않았는지 파악하려면 개요부터 콘셉트, 예상 독자까지 다시 생각해 봐야 한다. 편집자 스스로 납득하는 기획안이 완성되었다면, 그때 회사를 설득한다.

저자를 설득하려면

문학서를 기획한다면 작가의 산문집 혹은 하나의 콘셉트 아래 여러 작가의 글을 받아 묶는 앤솔러지 형태가 될 것이다. 기획된 문학서는 여느 기획서에 비해 시의성이 덜 중요하고, 작가(저자)가 훨씬 더 중요하다. 작가의 인지도와 충성도가 거의 다라고 해도 과언이 아니다. 인지도와 탄탄한 독자층을 가진 소설가와 시인 그리고 에세이스트를 잡으려면 어떻게 해야 할까.

① 콘셉트에 작가를 끼워 맞추지 말자

문학동네나 창비, 민음사, 문학과지성사같이 문학 전문 출판사 편집자라면 문학서 작가의 섭외가 상대적으로 쉬울 수 있다. 작가–편집자, 작가–출판사가 서로에 대한 이해도가 높을 테니까. 그렇다고 모든 작가가 이들 출판사에서만 책을 내는 건 아니다. 최근에도 모 시인이 이미 계약된 책이 여럿이라 더는 계약을 하지 않아야겠다고 다짐했는데, 잘 모르는 편집자의 제안 메일 한 통에 반해 또 계약을 했다며 자기를 사로잡은 편집자의 메일에 대해 이야기해 주었다. 언뜻 떠올려 보았을 때 그시인과 어울린다는 생각이 들지 않는 출판사였기에 더

놀라웠고 그 편집자가 어떤 사람인지 궁금해졌다(그날 바로 그의 SNS도 구독했다). 자신의 작품을 잘 이해하고, 애정 어린 시선으로 또렷한 책을 기획해 제안하는 메일을 싫어할 작가는 없다. 그러니 내가 정말 좋아하는 작가가 있다면 그 작가가, 그 작가만이, 그 작가라서 정말 잘 쓸 수 있을 만한 책을 기획을 하는 데서 시작해 보자. '고양이와 살면서 새로 알게 된 세상'처럼 고양이를 기르는 작가라면 누구나 쓸 수 있을 것 같은 테마는 좋지 않다. 문학서의 경우 콘셉트나 주제에 작가를 끼워 맞추는 건 작가나 독자의 흥미를 불러일으키기 어렵다. 작가에게서 콘셉트를 뽑아야 한다.

② 시리즈를 기획한다

매력적인 콘셉트가 있다면 외려 시리즈를 기획해 볼 수 있다. 제철소, 위고, 코난북스 세 출판사가 힘을 합쳐 만들고 있는 '아무튼 시리즈'나 세미콜론의 음식 에세이 시리즈인 '띵 시리즈', 시간의흐름에서 시작한 '말들의 흐름' 시리즈, 문학과지성사의 '문지 에크리', 난다의 '걸어본다' 시리즈 등등을 꼼꼼히 살펴보자. 콘셉트를 분명히 하고 인지도와 호감도 높은 작가 몇 사람을 설득하면 이후 섭외와 출간이 좀 더 수월해진다. 단독 저서만큼의 파급력을 갖기 어려울 수는 있으나, 한 권 한 권 쌓아 가는 즐거움이 있고 여러 작가와 작업하며 이후 단독 저서를 도모해 볼 좋은 기회가 되기도 한다. 유유출판사의 '문장 시리즈'와 '땅콩문고'는 콘셉트가 같은 시리즈라기보다는 분량과 만듦새의 통일성을 두고 다양한 분야를 아우르는 큐레이션 성격이 강한 시리즈이다. 작가가 큰 부담 없이 참여하기에 좋은 분량과 라인업이라 참고하면 좋겠다.

③ 쉽게 포기하지 말자

번역가 정영목 선생께 출간 제안을 했다가 거절당한 적이 있다. 반막무가내로 기획안을 들고 이화여대로 찾아뵈었다. 2012년 8월의 일이다. 정 선생께서 책을 내겠다 마음먹으신 건 2015년 11월, 교정지를 주고받은 건 2016년 8월이다. 우여곡절 끝에 두 권의 책 『소설이 국경을 건너는 방법』과 『완전한 번역에서 완전한 언어로』가 나온 건 2018년 6월, 근 6년 만이었다. 2012년 8월, 떨리는 마음으로 메일을 보낸 뒤 거절 의사를 담은 회신을 받았을 때의 내 심경은 '흠, 쉽지 않겠는걸. 장기전이 되겠어'였다. 거절 메일을 받는 데는 익숙해져 있었다. 중요한 건 작가가 어떤 식으로 거절했느냐였다. 기획에 분명 흥미가 있는 듯한데 내가 제시한 기한 내에 쓰기 어렵기 때문에 거절했는지, 단행본 집필 경험이 없거나 그간 집필한 분야와 달라 부담을 느끼며 거절했는지, 유사한 책이 이미 많이 나왔는데 더 책을 낼 게 있을지 의구심이 들어 거절했는지(이런 경우는 여지가 있는 거절 메일이므로 조금 기뻐해도 된다), 단행본 작업에 대해 잘 알고 있으나 자신이 저자로 책을 쓰는 데는 전혀 관심도 필요도 못 느껴 거절했는지(이런 경우가 어렵다)에 따라 편집자의 다음 행보가 달라진다.

기한의 문제라면 조율할 여지가 있다. 내가 속한 출판사에서 지면을 제공하거나 작가를 지면이 있는 매체와 연결할 수 있다면 연재를 제안할 수도 있다. 아무래도 연재하며 원고를 쌓아 가는 것이 전작全作 작업보다 수월하고 속도도 난다. 단행본 경험이 없거나 그간 써 온 분야와 다른 분야를 작업하는 데 부담을 느끼는 작가라면 편집자가 설득하기 나름이다. 왜 그 작가여야 하는지, 글의 어떤 점이 빛나는지, 내가 어떻게 잘 만들 것인지 포부도 밝히고 비전도 나누며 설득할 여지가 있다. 유사 도서와의 차별점 역시 설득해 볼 수 있다. 그 시장에 대해 얼마나 꼼꼼히 조사했는지 피력하고, 저자의 콘텐츠에서 내가 어떤 차별점을 보았고 시장에서 그 지점을 필요로 한다고 생각한다고 말하며 근거를 설명하고 미리 준비한 만큼 보여 줄 수 있다면 작가 역시 재고할 여지가 있다.

정영목 작가는 30년 가까이 번역가로 살아오며 수백 권의 단행본 작업을 해 왔다. 저자가 아닌 역자로서. 단행본 작업 과정은 물론 시장 상황을 너무나 잘 알고 있는 작가. 본인은 역자로서 만족하며 저자로서 책을 낼 마음이 없다는, 완곡하면서도 확고한 뜻이 담긴 거절 메일 앞에서 나는 장기전을 준비했다. 그래도 한 번 뵙고 이야기를 나눌 수 있어서 좋았다. 그가 번역한 책으로 영미문학을 따라 읽어 왔고, 그가 쓴 역자 후기나 해설에 얼마나 감명받았는지 만나서 직접 얘기할 수 있었다. 그런 건 쉽게 잊히지 않는다. 바로 포기하지 않고 일단 할 수 있는 데까지 해 보는 게 중요하다. 그 후로는 때때로 메일을 드리고, 이따금 학교로 찾아뵈었다. 정영목 작가가 번역한 책이 나오면 읽고 감상을 적었고, 계절이 바뀌면 계절이 바뀌었다고 메일을 보냈다(사계절이 뚜렷한 나라에 사니 이런 게 좋다). 근처에 외근을 나가면 들러 차 한잔 마시며 요즘은 어떤 책을 번역 중인지 작업은 얼마나 어떻게 진행되었는지 근황을 여쭙는 정도로 만남을 이어 갔다. 내가 기획한 책과 유사한 책이 나오면 살펴보고 메일을 드리기도 했다. 새로이 글을 쓰는 건 아무래도 불가능할 듯하여, 그간 정영목 작가가 쓴 글을 찾아 목차를 구성해 보내기도 했다. 이 일에 품이 많이 들지 않을 것이며, 마음만 먹으면 된다는 얘기, 나는 이만큼 준비가 되었다는 모종의 자신감을 두루 보이며, 작가가 발걸음 가벼이 이 일에 뛰어들 수 있도록 차근차근 설득해 보고자 했다.

삼 년 하고도 석 달이 지나 드디어 책을 내보자는 메일을 받았다. 그간 쓴 엄청난 양의 원고가 내 손에 들어왔다. 그때 내가 느낀 두근거림을 아는 사람이 분명 있으리라. '아, 이 맛에 편집자로 산다!' 하는 느낌. 마침내 정영목 작가의 책 두 권을 만들어 냈고, 그사이 필립 로스의 에세이도 한 권 번역계약했다. 저자로서도, 역자로서도 배울 점이 정말 많은 분. 많이 듣고 적게 말하는, 내가 생각하는 진짜 어른 같은 어른과의 작업은 내게 많은 것을 남겼다. 책이 나온 후 '지은이'로 나온 첫 책인데 어떤 기분인지 여쭤었다. 그때 내가 마음속으로 기대했던 대답은 '좀 묘하다', '어색하다', '그렇지만 좋다' 이런 종류였다. 한데 정영목 작가는 전혀 예상 밖의 말씀을 하셨나니. 옮긴이에서 지은이가 된 것이 더 나은 혹은 더 높은 자리로 간 것도 아니고, 지금까지 옮긴이로 낸 책이 꽤 많으니 첫 저서라고 굳이 새로이 불리는 것이 더 이상한 것 같다고. 좋고 기쁘다고 말하면 27년간 번역가로 살면서 해 온 일에 대한 자기부정 같다고. 물론 축하 인사를 받으면 그건 그것대로 고맙다는 말씀도 함께. 처음 책을 내는 작가에게 의례 반 기대 반으로 묻던 질문을 정영목 작가께 똑같이 하는 건 질문의 방향이 틀렸던 것이었다. 이렇게 또 새로이 배웠다, 책을 만들며.

자주 듣는 질문

작가의 원고를 가장 먼저 볼 수 있어서 좋을 것 같은데 어떤가요?

문학 편집자에게 갖는 환상 중 하나라고 생각합니다. 독자는 완성된 책의 형태로 그 작품을 만나기 때문에 '편집자는 이렇게 근사한 작품을 처음 읽었겠구나!' 하는 거죠. 실상은 조금 다른데, 작가가 보낸 원고는 교정교열부터 팩트체크까지 점검하고 확인할 것이 한두 가지가 아니랍니다. 편집자라서 좋은 점은 '처음' 읽는 데 있다기보다 '여러 번' 읽는 데 있다고 생각해요. 한 작품을 최소 서너 번은 반복해 읽는 일. '전문적'으로 읽어야 하므로 독자로서 읽을 때와 조금 다르긴 하지만, 어떤 작품이건 여러 번 반복해 읽다 보면 처음엔 발견할 수 없었던 빛나는 지점들이 보이고, 그 순간이 늘 짜릿합니다.

편집자는 식당 메뉴판도 교정 본다던데, 정말이에요?
그렇습니다, 정말로요. 어디 식당 메뉴판뿐이겠습니까, 활자중독자처럼 텍스트란 텍스트는 읽고 보고 오자나 오류를 잡고야 맙니다. 직업병이라고 할 수 있겠죠. 개인적으로 이보다 더한 직업병은 책을 예전처럼 볼 수 없다는 거라고 생각합니다. 예전이라 함은 편집자가 되기 전 순수 독자일 때를 말하며, 이제는 그때처럼 궁금한 책을 발견하면 마음이 막 뛰고 기대감으로 가득 차고 얼른 펼치고 싶고 하는 데서 그칠 수가 없다는 뜻입니다. 일의 연장선처럼 판형부터 표지 디자인, 제목, 띠지 문구는 물론, 종이는 무엇을 썼으며 후가공은 어떤 것으로 했는지까지 눈으로 훑고 머릿속으로 바삐 분석한다니까요. 물론 멋진 책을 쥐면 마음이 요동칩니다. 설렘과 기대감에 더해 씁쓸함('나는 왜 이런 생각을 못해 봤지')과 부러움('와, 이 종이 비싼 건데……')이 섞여 들어간다는 점이 다른 것이죠.

출간할 책은 어떤 기준으로 정해지나요?

문학 편집이 다른 분야와 특히 다른 점은 저자가 어떤 원고를 쓸지 모르는 상태에서 계약한다는 것입니다. 다른 분야의 책처럼 샘플 원고를 받아볼 수도 없고, 언제쯤 원고를 받을 수 있을지도 확실히 알 수는 없습니다(계약서에 마감 기한을 적지만 그것은 서로 간의 '바람'이고 작가가 그 안에 탈고하지 못하는 경우가 부지기수예요).

출간 기준은 역시 '좋은 작품'입니다. 꾸준히 좋은 작품을 쓰고 있는 소설가나 시인을 만나 '다음 작품'에 대해 이야기해요. 어떤 작품이 될지 알 수 없지만 지금까지 보여 준 작품 세계를 보았을 때 다음에 쓸 작품이 기대된다면 그 작가와 계약을 합니다.

좋은 작품이란 뭘까요? 요건은 다양합니다. 우선 많은 독자가 공감할 만한 작품이 있겠죠. 독자가 지금 이 순간 고민하는 것에 귀 기울이는 작가의 작품, 나아가 누구나 자라면서 혹은 나이를 먹으면서 한 번쯤 겪었음 직한 감정의 흔들림에 관심을 두는 작가의 작품이 오랜 시간 많은 독자가 사랑하는 작품이 될 가능성이 큽니다. 자기만의 확고한 작품 세계로 마니아 독자층을 만들어 가는 작가의 작품도 좋은 작품일 것입니다. 배수아, 이승우 작가의 작품은 안 읽어 본 사람은 있어도 한 작품만 읽어 본 사람은 없다고 할 만큼, 오랜 시간 꾸준히 따라 읽은 독자층이 탄탄하죠. '출간 직후 베스트셀러' 같은 수식어가 붙긴 어렵겠지만, 출간되면 반드시 사서 읽는 독자층이 있으므로 꾸준히 출간할 수 있습니다. 새로운 이슈와 경향을 만들어 내는 작품도 있습니다. 『82년생 김지영』이나 『한국이 싫어서』처럼 책 한 권을 넘어서서 사회문화적 이슈가 되는 작품이죠. 파급력이 큰 작품이 등장하면 한동안 그 작품과 유사한 작품이 많이 출간됩니다. 페미니즘과 퀴어가 모티프로 쓰인 작품도 마찬가지예요. 새로운 이슈와 경향은 문학작품의 반경을 넓히고, 이때 새로운 작가가 등장하고 발굴됩니다.

문학 편집자가 특별히 가져야 할 자질이 있을까요?
앞선 질문에 이어서 쓰자면, 그러므로 문학 편집자는 작가의 과거와 현재를 읽고 미래를 도모하는 사람이라 할 수 있습니다. 많이 읽고 꾸준히 읽는 것이 기본기가 되어 줄 것입니다. 눈에 띄는 작가가 있다면 그의 특별한 지점을 발견해 내 식으로 정리해 두는 것이 좋습니다. 경장편이나 장편을 써 보는 것이 어떨지 분량에 대한 제안을 하거나, 작가가 가진 문제의식을 파악해 연관된 새로운 뉴스를 공유하거나, 잘 어울리는 콘셉트의 산문을 기획해 제안하거나 하는 일 모두 그 작가가 가진 빛나는 지점을 알고 있어야 가능하니까요. 거기에 편집자가 쌓아 온 취향과 시장을 보는 안목, 직관이 합쳐졌을 때 새로운 문학작품이 나오는 것이겠죠. 애독자를 넘어서는 것, 비전을 갖는 것, 참 쉽지 않습니다. 시간이 흐르고 연차가 쌓인다고 해서 다 가질 수 있는 자질도 아닙니다. 그래서 이 일이 늘 어려워요.

책을 아무리 좋아해도 책 만드는 일이 지치고 힘들 때가 있을 텐데, 어떻게 그 일을 계속해 나갈 수 있는지 궁금해요.

좋아하는 것이 일이 되었을 때의 괴로움이 없느냐는 질문, 혹은 내 취향과 맞지 않는 작품을 편집할 땐 어떻게 하느냐는 질문과도 맥이 닿아 있을 것 같습니다. 이런 질문을 받는 직업이 많지는 않을 거라 생각합니다. '책'에 대해 (저를 포함한 독자가) 갖는 경외감이 낳은 질문이 아닐까 싶고, 저는 '이게 제 일이니까요'라는 대답밖에 할 수 있는 말이 없습니다.

일의 기쁨과 슬픔은 책 만드는 일에도 있습니다. 제가 아무리 책을 좋아해도, 퇴근해 돌아오면 단 한 글자도 더는 읽고 싶지 않은 날이 있습니다. 원고와 표지가 모두 준비되어 있는데 해설이나 추천사가 마감 기한을 한참이나 넘기고도 입고되지 않아 발을 동동 구를 때도 있고, 감정노동에 지칠 때도 많습니다. 그러나 일이고 밥벌이입니다. 참고 견디고 버티고 무언가를 무릅쓰는 순간순간에 '책'이 갖는 특수성이 (있다면 그것이) 끼어들 자리는 없습니다.

내가 맡은 책이 내 취향과 안 맞는 책이라는 건 전혀 문제도 되지 않고 문제가 되어서도 안 된다고 봅니다. 원하는 책만 할 수 없고 그건 연차가 낮을 때에 더욱 그렇죠. 어떤 원고를 맡았건, 그 원고에 오류가 없도록 다듬고 좋은 점을 발견해 그것이 묻히지 않고 독자에게 전달되도록 노력하는 것만 고민해도 벅찹니다. 물론 그 책을 만드는 동안 덜 즐거울 순 있습니다. 그 역시 문제가 되지 않습니다. 취미가 아니고 일이니까요.

다만 아름다운 물성을 가진, 세상에 없던 무언가를 만들어 내는 데서 오는 만족감과 자긍심이 일에 큰 동기부여가 된다는 점은 분명합니다. 제조업에 속하는 다종다양한 일 가운데 이렇게 하나부터 열까지, 처음부터 끝까지 한 사람의 판단과 선택으로 이루어지는 일이 많진 않겠죠. 그러므로 '내가 만든 책'이라고 표현할 수 있는 것일 테고요.

첫 회사 다닐 적에 회사 선배가 해 준 얘기가 있습니다. 영어 단어에서 보통 동사가 생기고 거기에서 그 일에 종사하는 사람을 뜻하는 명사가 파생되는데, 몇 안 되는 예외 중 하나가 '편집자'라는 뜻의 'editor'라고요. 'editor'가 생기고 나서 'edit'라는 동사가 생겼다는 거죠. 다시 말해, 편집을 하는 사람이 편집자인 것이 아니라 편집자가 하는 일이 편집이라고요. 십 년도 더 전에 들은 이 이야기를 종종 떠올립니다. 책 한 권에 제가 갖는 권한과 책임을 뚜렷이 느끼게 될 때요. 최선의 선택을 하고자 고민하고, 같은 실수를 반복하지 않으려 긴장하고, 그 결과물을 손에 쥔 독자의 반응에 귀 기울이고, 반성할 것은 반성하고 흡족해할 것은 흡족해하며 그렇게 한 권 한 권 만들어 갑니다.

문학책 만드는 법
: 원고가 작품이 될 때까지, 작가의 곁에서 독자의 눈으로

2020년 9월 24일   초판 1쇄 발행
2022년 11월 4일   초판 3쇄 발행

지은이
강윤정

펴낸이	펴낸곳	등록
조성웅	도서출판 유유	제406-2010-000032호(2010년 4월 2일)

주소
서울시 마포구 동교로15길 30, 3층 (우편번호 04003)

전화	팩스	홈페이지	전자우편
02-3144-6869	0303-3444-4645	uupress.co.kr	uupress@gmail.com
	페이스북	트위터	인스타그램
	facebook.com	twitter.com	instagram.com
	/uupress	/uu_press	/uupress

편집	디자인	마케팅
전은재, 이경민	이기준	황효선

제작	인쇄	제책	물류
제이오	(주)민언프린텍	다온바인텍	책과일터

ISBN 979-11-89683-71-9 04800
        979-11-85152-36-3 (세트)

편집자 되는 법
책 읽기 어려운 시대에 책 만드는 사람으로
살기 위하여

이옥란 지음

편집자란 무엇인가. 출판 편집에
관심 있는 이와 편집자로서 좀 더 단단히
서고 싶은 이를 위한 매뉴얼. 16년간
편집자를 지내고 서울북인스티튜트에서
서울출판예비학교 편집자 과정
책임교수로 후배를 양성하고 있는
저자가 편집자의 정체성과 현실 그리고
전문가로서 갈고닦아야 할 실력과
안목을 알려 준다. 독서 인구가 매년
줄어들고, 척박한 환경에 높은 이직률을
보이는 현실이지만, 스스로 전문가로서
자신의 길을 개척하기를 권하는
편집자 선배의 안내서이기도 하다.

출판사에서 내 책 내는 법
투고의 왕도

정상태 지음

베테랑 편집자가 투고를 준비하는
예비 저자가 참고하면 좋을 만한
사항들을 정리한 믿음직한 안내서.
모든 원고의 첫 번째 독자이자
저자, 원고, 시장, 독자 모두를
고려하는 편집자의 복합적인 관점을
예비 저자가 익히도록 도움을 주는
책이다. 예비 저자가 자신의 원고를
어떤 방향으로 수정하고 보완해야
할지 생각해 볼 수 있도록 하는
동시에 콘셉트 만들기, 예상 독자
찾기, 기획서 완성하기, 투고할
출판사 찾기 등에 대한 친절한
조언이 담겨 있다.

우리 고전 읽는 법
지금, 여기, 나의 새로운 눈으로

설흔 지음

저자 설흔은 20년간 우리 고전을 읽고
공부해 온 고전 마니아다. 우리 고전
문헌의 사실을 바탕으로 삼아 날줄로
엮고, 문헌에서 드러나지 않은 여백을
자신의 문학적 상상으로 씨줄을 엮어
흥미로운 소설 형식으로 고전을
소개해 왔다. 이 책은 그런 저자가 우리
옛글을 읽기 어려워하는 성인 독자를
위해 작심하고 쓴 본격 고전 읽기 안내
교양서이다. 지금 여기 우리의 관심사인
여성, 여행, 죽음, 취향, 경계인(소수자,
약자)과 같은 키워드로 옛글을 읽어 낸다.

도서관 여행하는 법

앎의 세계에 진입하는 모두를 위한
응원과 환대의 시스템

임윤희 지음

오랫동안 도서관 열혈 이용자로
살다가 지역 도서관 운영위원,
도서관을 채우는 책 만드는
사람이 된 '도서관 덕후'의 이야기.
전 세계 다양한 도서관을 여행하고
변하고 있는 우리 주변 도서관을
살피며 도서관에 대해 느낀 점을
차곡차곡 모아 엮었다. 누군가 앎의
세계에 진입하고자 할 때 도서관이
어떤 역할을 할 수 있는지, 마땅히
어떤 기능을 수행해야 하는지
제언하며, 우리가 몰랐던 사서의
역할과 노력에 대해서도 생각해 볼
여지를 마련해 준다.

작은 책방 꾸리는 법

책과 책, 책과 사람, 사람과 사람을 잇는 공간

윤성근 지음

십 년 넘게 한 자리에서 작은
책방을 알뜰살뜰 꾸려 온 경험 많은
책방지기가 들려주는 책방 운영법.
주인장 혼자 꾸려 나가기에 적당한
책방의 규모는 어느 정도인지, 서가는
어떻게 꾸며야 하고 인테리어는
어떻게 해야 좋은지, 어떤 마음과
태도로, 어떤 철학을 가지고 일해야
책방을 잘 꾸려 오래도록 유지할 수
있는지 등 초보 책방지기라면 누구든
궁금해할 질문들을 거의 모두 다뤘다.

유튜브로 책 권하는 법

'보는' 사람을 '읽는' 사람으로
변화시키는 일에 관하여

김겨울 지음

책 읽는 사람보다 영상 보는 사람이
많은 시대에 좋은 책 이야기를 더
널리 알리고 읽는 일의 가치를 전하기
위해서 영상 속에 책을 옮겨 심은
북튜버의 이야기.
"북튜브는 어떻게 하는 건가요?
구독자는 어떻게 모았나요? 촬영
장비는 뭘 쓰고 편집은 어떻게 하나요?
북튜버는 돈을 벌 수 있나요? 앞으로
북튜버는 지금보다 더 주목받을 수
있을까요?" 초보·예비 북튜버들이
궁금해하는 질문에 대한 답과 이제껏
확연히 드러난 적 없는 북튜브 일의
이면에 관한 이야기까지 모두 담았다.

열 문장 쓰는 법

못 쓰는 사람에서 쓰는 사람으로

김정선 지음

유유의 스테디셀러 『내 문장이 그렇게 이상한가요?』와 『동사의 맛』을 쓴 문장수리공 김정선의 글쓰기 안내서. 저자는 글쓰기가 어려운 이유는 우리가 한국어 문장을 잘 구사한다고 착각하고 있기 때문이라고 지적하면서 글쓰기가 '나만의 것'을 '모두의 언어'로 번역하는 행위임을 이해하고, 한국어 문장 쓰는 일에 익숙해져야 한다고 말한다. 최소한 열 문장 정도는 무리 없이 써 내려 갈 수 있도록, 못 쓰는 사람에서 쓰는 사람이 되도록 함께 연습하자고 제안하는 책.

아이와 함께 역사 공부하는 법

시야를 넓게, 생각을 깊게

강창훈 지음

어떻게 하면 아이들에게 역사를 친숙하고 자연스럽게 소개할 수 있을까? 역사를 가르쳐 주지는 못하더라도 올바른 역사관을 가질 수 있게 도울 방법은 없을까? 오랫동안 역사책을 만드는 편집자로 일하다가 어린이를 위한 역사책을 쓰는 작가로 활동하던 저자가 왜 일찍부터 역사를 접하는 것이 중요한지, 도처의 역사 소재를 어떻게 활용하면 아이와 어른 모두에게 유익한 공부를 할 수 있는지, 그 자연스러운 공부를 통해 어떤 즐거움과 가르침을 얻을 수 있는지 소개한다.

작은 출판사 차리는 법

선수 편집자에서 초짜 대표로

이현화 지음

25년간 편집자로 일해 온 저자는 "내 시간을 온전히 내 것으로" 쓰며 일하기 위해, "책을 통해 독자, 나아가 세상과 소통"하기 위해 작은 출판사를 차렸다. '선수' 편집자에서 '초짜' 대표가 되어 고군분투하며 출판사를 꾸려 온 지 어언 2년. 책을 둘러싼 사람들과 지지고 볶고, 원고 붙들고 북치고 장구치고, 온갖 계약서와 숫자 앞에서 좌충우돌한 시간과 출판사를 차리고 꾸려 가는 과정에서 맞닥뜨린 고민과 불안, 선택과 결정의 순간을 솔직담백하게 써냈다.

청소년책 쓰는 법

쉽게 쓰기가 가장 어려운 당신에게 보내는 원고 청탁서

김선아 지음

성인, 어린이, 청소년 논픽션을 두루 만들며 청소년책에 대해 오랫동안 고민한 편집자가 성인책과 청소년책은 어떻게 다르며 청소년책은 어떠해야 하는지, 어떻게 하면 청소년책을 잘 쓸 수 있는지 등을 설명하는 책. 청소년책 중에서도 청소년 논픽션 분야에 초점을 맞추고 어떤 태도와 감성, 어휘로 독자에게 다가가면 좋을지를 꼼꼼히 짚어 이야기하며 청소년책을 쓰고자 하는 이들은 물론 찾고 고르고 고민하는 이들, 만드는 이들에게까지 실질적인 도움을 준다.

나만의 콘텐츠 만드는 법

읽고 보고 듣는 사람에서 만드는 사람으로

황효진 지음

다양한 콘텐츠를 만드는 기획자 황효진이 머릿속에 잠들어 있는 아이디어를 '나만의 콘텐츠'로 만드는 법을 안내하는 책. 마인드맵을 활용해 내가 하고 싶은 이야기를 찾는 법부터 시작해서 콘텐츠를 기획한다는 것이 무엇인지 우리가 쉽게 이해하도록 설명하고, 책·잡지·팟캐스트·뉴스레터 등 매체 전반에 폭넓게 적용할 수 있는 기획법과 기획안 쓰는 법, 콘텐츠를 기획할 때 생각해야 하는 질문과 태도, 자신이 겪은 시행착오까지 솔직하게 담아냈다.

사전 보는 법

지식의 집을 잘 짓고 돌보기 위하여

정철 지음

갈수록 보는 사람이 줄어들어 사실상 개정과 편찬 작업을 멈춘 우리 사전의 현 상황을 돌아보고 그렇다면 사전을 어떻게 이용해야 하는지, 문제점을 개선할 방법이 있는지, 정제되지 않은 정보가 넘쳐나는 시대에 좋은 사전이 얼마나 강력한 도구가 될 수 있는지 등을 고민하며 수집한 이야기를 다룬다. 공부하는 사람에게 좋은 사전은 '믿을 만한 지식의 집'과 같다. 『사전 보는 법』은 바로 이 집을 잘 짓고 돌보는 방법에 관한 책이다.